且讀

……

铁凝散文精读

铁凝 著

浙江人民出版社

图书在版编目（CIP）数据

散文精读．铁凝 / 铁凝著． —杭州 ：浙江人民出版社，2019.6（2024.1重印）
（且读）
ISBN 978-7-213-09280-0

Ⅰ．①散… Ⅱ．①铁… Ⅲ．①散文集-中国-当代 Ⅳ．①I266

中国版本图书馆CIP数据核字(2019)第082999号

散文精读·铁凝

铁 凝 著

出版发行：浙江人民出版社（杭州市体育场路347号 邮编 310006）
市场部电话：(0571)85061682 85176516
责任编辑：余慧琴
营销编辑：陈雯怡
责任校对：戴文英
责任印务：程 琳
封面设计：观止堂_未氓
电脑制版：杭州天一图文制作有限公司
印 刷：浙江印刷集团有限公司
开 本：880毫米×1230毫米 1/32 印 张：7.5
字 数：142千字 插 页：4
版 次：2019年6月第1版 印 次：2024年1月第5次印刷
书 号：ISBN 978-7-213-09280-0
定 价：36.00元

铁凝

1 | 3
2 | 4

❶ 2018年5月于杭州中国网络作家村

❷ 2009年1月，日本作家大江健三郎和铁凝交谈对其长篇小说《大浴女》的感想，右一为作家莫言

❸ 高中自编话剧《理想》，后排右一为铁凝

❹ 写作第一部长篇小说《玫瑰门》时

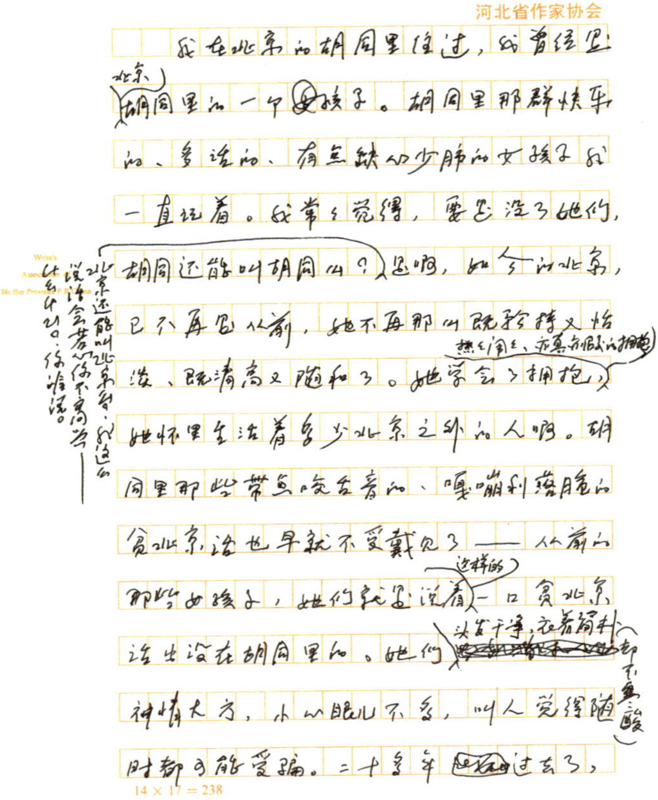

河北省作家协会

我在北京的胡同里住过，我曾经是北京胡同里的一个女孩子。胡同里那群快乐的、多话的、有点缺心少肺的女孩子我一直记着。我常常觉得，要是没了她们，胡同还能叫胡同么？是啊，如今的北京，已不再是从前，她不再那么既矜持又恬淡、既清高又随和了。她学会了热烈地、亦真亦假地拥抱，她怀里生活着多少北京之外的人啊。胡同里那些带点嗓音的、嘎嘣利落脆的京北京话也早就不受戴见了——从前的那些女孩子，她们就是说着这样的一口京北京话出没在胡同里的。她们头发干净，衣着简朴，都不寒酸，神情大方，小心眼儿不多，叫人觉得随时都可能受骗。二十多年过去了，

北京还能叫北京么？我这么说会惹得你不高兴——什么什么吗，你说话。

Writer's Association He Bei Province

14 × 17 = 238

中篇小说《永远有多远》手稿

目录

人物

散文精读·铁凝

旅行

散文精读·铁凝

对话

散文精读·铁凝 >>

抒情

我的小传

我生于一九五七年。我哭叫着闯入人世时，一批正直的大人正遭受着不公平的待遇。

四岁前我一直住在北京一位保姆家，我管她叫奶奶。她是一位粮栈老板的遗孀，却粗手大脚，喜爱劳作。和她同住的还有那老板的二房，我管她叫里屋奶奶。我和两位寡妇住在一起，对我负有责任的是外屋奶奶。奶奶十分疼爱我，遇我高兴或不高兴时，便从一个齐腰高的大缸里拿点心给我吃。我很得意，生活得也很踏实。因为我以为那青石缸盖下一定有满满一缸点心。一缸点心总能使一个人的情绪稳定吧，我常因此而忘掉不在身边的父母。

奶奶有些惧怕里屋奶奶，我却不顾里屋奶奶因敌视外屋奶奶而对我生出的敌意，常常肆无忌惮地闯进里屋骚扰。两位寡妇之间便因此而发生争吵。里屋奶奶言语刻薄，我的奶奶常因此暗自流泪。

外婆也住北京。有时我被奶奶领着，去外婆家和外婆作短暂的亲热。她是一位非常漂亮的女人，有工作，还有一个宽大的梳妆台，配有丝绒包厢的机凳。我记得她常常坐在梳妆台前的机凳上等我。那房间的阔大、梳妆台散发出的香气却从来没给过我奶奶家那般的欢乐。但离开外婆前我必须吻她的脸。我不曾记得我那时有过发愁的事，若有，这便是有生以来第一件。我不情愿地吻了外婆那很美的脸，赶紧扑向奶奶。当奶奶那粗糙的手抚摸我的脸时，我才又感到舒心和安慰。我需要保姆奶奶的那种感情一直延续到长大后去农村插队。当我生病时躺在土炕上，最最渴望的便是一双粗糙的、老年妇女的手的抚慰。在农村，这样的“奶奶”很多很多。她们那如同泥土般朴实的纯情，给了我对生活永远的爱和感激，如同保姆奶奶给我的一样。

我在奶奶家赶上了“大跃进”，街道也要进入共产主义。由于我的存在，也许奶奶算是“个体户”吧，我和奶奶一同被联合进街道幼儿园。我不习惯那里的一切，有一次逃出来才选择了外婆家。阿姨也尾随而来。当我听见她们的声音时，便奔向那梳妆台前的机凳后面，蹲下，紧紧闭起眼。我以为我看不见自己了，别人便也看不见我。阿姨笑着请我站出来。

以后的我，经历了小学、中学、插队、回城、小说编辑直至目前的专业写作。

当我作为一个少年被卷进动荡的十年，童年的一切便十分遥远起来。奶奶家那个齐腰高的大缸，就像在哪里见到过的一个原始器皿。孩子们也开始检讨残存在脑子里的不符合潮流的意识了。由于父母境遇的改变，我开始忏悔。我在日记里忏悔自己每日每时的过错，那既是真心实意地忏悔，也是不知不觉的自我表现；我努力认真地用领袖的格言要求自己，努力认真地向英雄人物学习，寻找自身的差距，那努力里既有自己的热望，也有努力作出的努力。我常常生出一种诉说的渴望，诉说自己对人类那大公无私的敬仰，诉说自己那“私”字一闪念的闪念。只是为了诉说，诉说就是证明。

幸亏在武斗的枪炮声中，在文学最沉寂的时刻，我爱上了文学。在保定，在我自己的家里，残存下来的几本破旧书籍，取代了我要诉说、要忏悔的念头。这看似荒唐、实则在理的变化，也许恰恰证明了文学的魅力：只要人类存在，文学便不会泯灭。文学唤起了人们那么多压抑着、麻木着的意念，不管是大人还是小人。我又想起了保姆奶奶和那个大缸。

很晚，我才生出写小说的愿望，那是高中一年级。我的一篇大作文被北京出版社当作小说出版了。那时我对我的文字充满着热爱，因为责编对我那小说作了几处改动，我竟写了封长信给责编，列举理由达十一条之多，来证明他那些修改的不合理。后来那位编辑老师回了信，承认我的道理，并称赞我的“勇气”。至今我对那位编辑老师充满着感激之情：面对一个黄毛丫头，他是那样雍容大度。

然而“勇气”并非文学的全部。别人给了你平等，并不等于你已经明白了文学。当我最初的几篇东西变作铅字时，我觉得写作不难；当我发表了较多的文字后，却愈发觉得写作不易。

从一九七五年发表第一篇小说起，至今我已发表中篇小说七部，短篇小说六十余篇，电影文学剧本两个，散文十余篇。百花文艺出版社、中国青年出版社、花山文艺出版社分别为我出版了小说集。我的短篇小说《哦，香雪》《六月的话题》，中篇小说《没有纽扣的红衬衫》曾分别获得全国优秀中、短篇小说奖。

一九八二年，我加入了中国作家协会；一九八四年全国第四次作代会上，我当选为中国作家协会理事。

去年春天，我随中国作家代表团访问了美国；今年夏天我应邀参加了在挪威举办的第二届国际女作家书展。

在奥斯陆神秘、幽静的白夜里，我常常想起我们的民族和我们的文学。我常想怀着对于人类的一种责任，去体味日子，理解人生。不是用心智，而是用心灵。不乞望在智慧上繁衍智慧，否则一切将充满着退化和苍白。

生活是不容易的，因为有各种各样的不容易才更动人。我企盼在各种各样的不容易之中给读者以希望。这希望也可以在表现失望中获得，因为没有失望就无所谓希望。正如同我们有时对生活不恭敬是希望生活更神圣。

1986年9月17日

关于头发

我上幼儿园的时候，梳过一种马尾辫：头发全部拢到脑后高高束起，然后用大红玻璃丝紧紧勒住。幼儿园阿姨为我梳头时，在我的头发上是很舍得用力的，每每勒得我两只眼角吊起来，头皮生疼，眼里闪着泪花。我为此和阿姨闹别扭，阿姨说，你的头发又细又软，勒得越紧头发才会长得越壮。长大些，当我对农事稍有了解，知道种子播入泥土，所以用脚踩紧踩实，或用碌碡压紧压实，为的是有助于种子生根发芽继而茁壮成长。这时我会想起幼儿园时代我的马尾辫，阿姨似乎把我的头发当作庄稼侍弄了。但她的理论显然是可疑的，因为我的头发并未就此而粗壮起来。

读小学以后，我梳过额前一排“刘海儿”的娃娃头。到了中学，差不多一直是两根短辫。那是文化贫瘠的时代，头发的样式也是贫瘠的，辫子的长度有严格限制，过肩者即是封建主义的残余。在校女生没人留过肩的辫子，最大胆者的辫梢儿，充其量也就是扫着肩。我们梳着齐肩的短辫，又总是不甘寂寞地要在辫子上玩些花样，爱美之心鼓动着我们时不时弄出点藏头露尾、扭扭捏捏的把戏。忽然有一阵把辫子编得很高，忽然有一阵把辫子编得很低；忽然有一阵把两根辫子梳得很靠前，忽然有一阵把两根辫子梳得紧紧并在脑后。忽然有一阵市面上兴起一种名曰“小闹钟”的发型，就是将头发盖住耳朵由耳根处编起，两腮旁边各露出一点点辫梢儿，好似闹钟的两只尖脚。正当我们热衷于“小闹钟”这种恶俗的发型时，忽然有传闻说这是一种“流氓头”，因为社会上一些不三不四的女青年都梳着这种头在社会上作乱。我们害怕了，赶紧改掉“小闹钟”，把两只耳朵重新从头发的遮盖下显露出来。

成人之后，在20世纪80年代初期，社会对发型的限制消失了，从城市到乡村，中国女人曾经兴起一股烫发热潮。在那时，烫成什么样似乎不是最重要的，重要的是头发需要被烫。呆板了许多年的中国女人的头发是有被烫一烫的权利的。我也曾有过短暂的烫发史，只在这时，我才正式走进理发馆。从前，我和我的同学几乎都没有进理发馆的经验，我们的头发只须家里大人动动剪子即可。我走进理发馆烫发，怀着茫然的热望。老实说我对理发馆印象不好，那时的理发馆都是国营的，一个城市就那么几家，没有竞争对手，理发师对顾客的态度是：爱来不来。即使这样，理发馆也总是人头攒动。我坐在门口排队，听着嘈杂的人声，剪刀忙乱的嚓嚓声，还有掺着头发油泥味儿的热烘烘的水汽，还有烫发剂那么一股子能熏出眼泪的呛人的氨水味儿……这人声，这气味，屠宰场似的，使我内心充满一种莫名其妙的羞愧感。好不容易轮到我，我坐上理发椅，面对大镜子，望着镜子里边理发师漠然的眼神，告诉她我要烫荷叶头。我须看着镜子里的我和镜子里的理发师讲话，这也让我不安。两个人同时出现在一面镜子里总叫人有些难为情，特别当她（或他）如此近切地抓挠着你的头发，又如此冷漠地盯着他们手下你的这颗脑袋。现在想来那真是一种呆板而又无趣的发型，可是理发师并不帮你参谋或者给你建议。我顶着一头孤独的“荷叶”回家，只觉得自己又老又俗。

以后的许多年里，我不再烫发，一把头发用橡皮筋在脑后拢住，扎成一揸长的刷子。我的同事介绍给我一位陈姓理发师，说他人好技术也好，虽然是做“男活儿”出身，但“女活儿”你提要求他也能剪。我找到了陈师傅所在的理发馆，陈师傅热情地接待了我。他五十岁左右，老三届吧，人很敦厚，经常有本地领导同志慕名前来，他理那种程式化了的干部头最拿手。但他的确很聪慧，我提的要求，诸如脑后这把刷子的位置啦，刷子梢儿不要呈香蕉形而要齐齐的好比刷子一样啦，这看似简单的要求并不是每个理发师都能达到，可是陈师傅就行。他开动脑筋，过硬的基本功加经验，他成功了。

我的发型好像就这么固定了下来，亲人、朋友、同事都觉得这样子不错，显得五官突出，也有那么点成熟的干练劲儿。谈不到时尚，也绝不能说落伍，而且省事。以至于不知何时我变得必须得留这种发型了。曾有好心同事半是玩笑、半是认真地告诉我："你若改变发型，必会让很多人不相信你。"这话分量可不轻，吓住了我，却也愈加诱我生出逆反心理，我跃跃欲试，气人似的，非要改变一下发型不可。

我萌生了剪短发的念头，半年之间曾几次走进美发厅（如今各种美发厅和发廊已遍布各地），又几次借故逃出。我想我这是对自己的发型太在意了，太在意了反倒是在虐待自己了。剪个短发有什么了不起呢？有什么了不起呢剪个短发？于是在那个夏天，去北京出差时，我痛下决心似的走进了住地附近的一间名叫"雪莱"的美发厅。这里环境幽雅，照应顾客的都是些发型、装束均显时尚的年轻人。一位身材瘦高的发型师迎上来问我剪发还是烫发，我说我要剪短发，他立即将我引至一张理发椅上坐好，递上厚厚两本发型图册请我翻阅，另有一位小姐为我送上一杯纯净水。我来来回回翻着书，见里面多是些夸张的富有戏剧性的发型设计，不免心中忐忑，预感此行恐怕是"凶多吉少"，并在这时想起了陈师傅——陈师傅固然老派，却是稳妥的。而我在这样一个时尚和幽雅兼而有之的场面上，不知为什么显得格外孤立和无助。我有些烦躁，翻书的手势就猛了，猛而潦草，像是挑衅。因为我刚刚享受了小姐一杯纯净水的服务，仿佛没有理由站起来就走，我离开的理由只能是他们的态度不好啊。只要这发型师显出一点儿不耐烦，我便能理直气壮地站起来告辞。但是这位年轻的发型师很耐心，他富有经验地对我说，您留这种发型很长时间了吧，长发换短发一般都得有个心理过程。没关系，您慢慢选择。发型师的话使我的心安定下来，我不由自主把自己的职业告诉他，请他帮我做些参谋。他斟酌片刻，认真指给我几种样子，分析了我的发质，还建议我不要烫头发——尽管烫发比剪发的价钱要高很多。这位年轻人给了我一种信任感，我觉得我的头发不会糟蹋在他手里。

发型师在我的头发上开始了他的创造，我也试着自信地看着镜子里的我。我逐渐看清这新的发型于我真是挺合适，这看上去非常简单的造型，修剪的过程却相当复杂，好比一篇简洁的小说，看着单纯，那写作的过程却往往要运用作者更多的功力。临走时我问了发型师的名字，他叫孟文杰。

以后当我的头发长了需要修剪时，我会很自然地想到孟文杰和他的美发厅。这并不是说，除了孟文杰就没有人可以把我的头发剪好，不是的。孟文杰的确有精良的技术和对头发极好的感觉，他的认真、细腻、流畅和利落的风格，他将我的并不厚密的头发剪出那么一种自然而又丰满的层次，的确让我体会到头发的轻松和人的轻松。但更重要的是，我喜欢这间美发厅里的几个年轻人和他们营造的气氛，那是一种文明得体、不卑不亢的气氛。不饶舌，不压抑，也没有“包打听”。谈话是自然而然的，时事政治，社会趣闻，天上地下，国内海外……他们是那样年轻，大都二十出头，却十分懂得适可而止。他们也少有“看人下菜碟”的陋习，生客熟客他们一样彬彬有礼。某日我碰见一位言语刻薄的女客正冲孟文杰大发脾气，孟文杰和几位小姐不还口也不动怒，耐心对她做着什么解释。我以为这女客走后他们定会在背后嘀咕她几句——在商店、在公共场所，营业员当着顾客和背对顾客经常是两张脸。但是他们没有，即使面对我这样的熟客，他们也没有流露心里的委屈。我想这便是教养吧，我对他们的技艺和教养肃然起敬。

不过你也别以为这里会呈现一派家庭味儿的不分你我，热情礼貌归热情礼貌，算账时一分一厘都很清爽。没有半推半就的寒暄，或者假装大方的“免单”。这就是平等，平等的时候气氛才轻松。

这是一些不怎么读小说的人，因为熟了，有时候他们也读我的小说。一位姓常的小姐尤其喜欢和我讨论我的小说的结尾。这位常小姐告诉我她擅长讲故事，每当遇到伤心的女友对她诉说自己的伤心事时，常小姐便会讲自己一个比女友更伤心的故事给她听。常小姐说其实我一半都是编的呀，我想只有你的故事比她更伤心，才能让她停止伤心你说是不是？常小姐她实在应该去写小说呢。有时我把自己的新书送给他们，孟文杰往往带着职业本能品评新书，他指着封面上我的照片说：“您耳边这绺头发翘起来了，是上次我没剪好。”假如我很长时间不去“雪莱”，他们也会说起的，计算着几个月了，我应该去了……我知道这不是对所谓“名人”的想念，地处王府井闹市，他们眼前、手下经常流淌着名人和名人的脑袋。这是一种人与人之间自然的友好心情，我为此而感动。

想一想在这个世界上，除了你自己，除了与你耳鬓厮磨的爱人，还有谁和你头发的关系最亲密呢？正是那些美发师啊。他们用自己诚实、地道的劳动，每天每天，善待着那么多陌生的潮水一般的头发，在那么多头颅上创造出美、整洁、得体和千差万别的风韵，让我想到，在我们的身体上，还有比头发更凡俗、更公开、却又更要紧的东西吗？而美发师这职业，是那么凡俗，那么公开，又那么要紧。多少女性想要改变心情时，首先就是从头发上下手啊。“今天我要对自己好一点，去美发厅做它一个‘离子烫’！”有一回我去镜框店买镜框，听见女店主正对她的熟人说。

我已经很久没见过陈师傅了，他曾托同事捎话给我，希望我去他那儿让他看看，看我到底剪了个什么样的头，他能不能也学学。

陈师傅的话使我感觉到我对他的一种背叛，还有一点儿凄凉。我的头发“投奔”了一些充满朝气的年轻人，这本身仿佛就是对陈师傅的不够仗义。不过话也可以这么说吧：如果我们的头发不再可能重复几十年前那被限制的时光，面对头发就永远存在丰富而多样的竞争。

这让人激动，也让人觉出生活的正常和美好。

竹子上学*

三十年前，听朋友讲他的农民老父亲。这位老父亲一生赶牛车，赶马车，没有坐过汽车、火车。后来，在城市读完大学又找到工作的儿子决意请父亲坐一次火车，并告诉父亲要坐快车。父亲这才知道，原来火车还分快慢。就问儿子快车票便宜还是慢车票便宜。儿子答，当然慢车票便宜。父亲惊奇地说，慢车坐的时间长，怎么反倒便宜？那时我们听朋友讲，我们笑，笑那老父亲的天真或者不开眼。

三年前在新加坡，读到一则跑步的故事：一个青年和一个老人清晨在公园跑步。青年矫健活泼，老人瘦弱迟缓。本来跑在老人后面的青年，很快就冲到了老人的前边。他优越地回头叹道：咳，你们这些老人啊，到底是跑不快了啊。老人并不生气，边跑边对超过他的青年说：年轻人，你的前边是什么呀？

---

* 此文写于2012年11月，发表于西班牙《城墙内外》文学杂志中国文学专刊。

青年说，是路啊。老人又问：路的前边呢？青年说还有一座桥。老人说桥的前边呢？青年说是一片树林。老人问树林的前边呢？青年说也许是山吧。老人问山的前边呢？青年说我看不见，恐怕就是生命的尽头了吧？老人说，那你跑那么快做什么呢！

我心里一惊，感受到一种苍凉的智慧。

三天前我走进江南山里的一片竹海，请山民教我认新竹老竹。知道世间植物，唯有竹子长得最快。说是一个小学生放学回家，将书包挂在一棵竹子上，坐在竹林下写作业，写完作业就够不着书包了。真是一份关于速度的俏皮！我仿佛看见一棵挎着书包的新竹正窜入云霄去天堂上学。

三十年后的今天，我们生活在一个世故的快时代。我忽然想起朋友的农民老父。当年幼的我们笑他不开眼时，怎知他早就明悉了慢的昂贵，就像公园里那位慢跑的老人。但当我想到那个跑步的故事，却也不打算责怪那位心怀优越感的青年。如果青春是用来挥霍的，他便拥有快跑的资本。连快跑都不敢的青年，岂不是枉费了青春？于是我的眼前不断闪现那棵挎着书包飞向云端的湛绿的新竹，它的速度令我恐惧，可它挎着书包的样子又让我开怀大笑：挎着书包的竹子毕竟不那么老谋深算，它是去上学吧，是去做人生的学徒。

面包祭

你的脑子有时像一团飘浮不定的云，有时又像一块冥顽不化的岩石。你却要去追赶你的飘浮，锛凿你的冥顽。你的成功大多在半信半疑中，这实在应该感谢你冥顽不化、颠扑不灭的飘浮，还有相应的机遇和必要的狡黠。

于是，你突然会讲一口流利的外语了，你突然会游泳了，你突然会应酬了，你突然会烤面包了。

我父亲从干校回来，总说他是靠了一个偶然的机遇：庐山又开了一个什么会，陈伯达也倒了，影响到当时中国的一个方面，干校乱了，探亲的、托病的、照顾儿女的……他们大多一去不复返，慢慢干校便把他们忘了。父亲的脱离干校是托病，那时他真有病，在干校得了一种叫作阵发性心房纤颤的病，犯起来心脏乱跳，心电图上显示着心律的绝对不规律。父亲的回家使我和妹妹也从外地亲戚家回到了他身边，那年我十三岁，妹妹六岁。母亲像是作为我家的抵押仍被留在干校。

那时的父亲是个安分的人，又是个不安分的人。在大风大浪中他竭力使自己安分些，这使得军宣队、工宣队找他谈话时总是说“像你这样有修养的人”“像你这种有身份的人”当如何如何，话里有褒也有贬。但因了他的安分，他到底没有受到大的磕碰。关于他的大字报倒是有过，他说那是因为有人看上了他那个位置，其实那位置只是一家省级剧院的舞美设计兼代理队长。于是便有人在大字报上说他不姓铁，姓“修”，根据是他有一辆苏联自行车，一台苏联收音机，一只苏联闹钟，一块苏联手表。为了证明存在的真实性，大字报连这四种东西的牌子都作了公布，它们依次是：“吉勒”“东方”“和平”“基洛夫”。

“也怪了。”事后父亲对我说，“不知为什么那么巧，还真都是苏联的。”

这大字报震动不大，对他便又有了更具分量的轰炸。又有大字报说：干校有个不到四十岁的国民党党员，挖出来准能把人吓一跳，因为“此人平时装得极有身份”。大字报没有指名道姓，父亲也没在意。下边却有人提醒他了：“老铁，你得注意点儿，那大字报有所指。”父亲这才感到一阵紧张。但他并不害怕，因为他虽有四件“苏修”货却和国民党不沾边。当又有人在会上借那大字报旁敲侧击时，他火了，说：“我见过日本鬼子见过伪军，就是没见过国民党。”他确实没见过国民党，他生在农村，日本投降后老家便是解放区了。鬼子伪军他见过，可那时他是儿童团长。

大字报风波过去了，父亲便又安分起来。后来他请病假长期不归也无人问津，或许也和他给人的安分印象有关。

父亲把我们接回家，带着心房纤颤的毛病，却变得不安分起来：他刷房，装台灯，做柜子，刨案板，翻旧书旧画报，还研制面包。

面包那时对于人是多么的高不可攀。这高不可攀是指人在精神上对它的不可企及，因此这研制就带出了几分鬼祟色彩，如同你正在向资产阶级一步步靠近。许多年后我像个记者一样问父亲："当时您的研制契机是什么？"

"这很难说。一种向往吧。"他说。

"那么，您有没有理论或实践根据？比如说您烙饼，您一定见过别人烙饼。"

"没有。"

"那么您是纯属空想？"

"纯属空想。"

"您为什么单选择了面包？"

"它能使你有一种莫名其妙的冲动。"

父亲比着蜂窝煤炉盘的大小做了一个有门、门内有抽屉的铁盒子，然后把这盒子扣在炉上烧一阵，挖块蒸馒头的自然发酵面团放进抽屉里烤，我们都以为这便是面包了。父亲、我和妹妹三人都蹲在炉前等着面包的出炉，脸被烤得通红。父亲不时用身子挡住我们的视线拉开抽屉看看，想给我们个出其不意。我和妹妹看不见这正被烘烤着的面团，只能重视父亲的表情。但他的表情是暧昧的，只煞有介事地不住看表——他的“基洛夫”。半天，这面包不得不出炉了，我和妹妹一阵兴奋。然而父亲却显不出兴奋，显然他早已窥见了那个被烤得又煳又硬的黑面团。掰开闻闻，一股醋酸味儿扑鼻而来。他讪讪地笑着，告诉我们那是因为炉子的温度不够，面团在里边烘烤得太久的缘故。妹妹似懂非懂地拿起火筷子敲着那铁盒子说：“这炉子？”父亲不让她敲，说，他还得改进。过后他在那盒子里糊了很厚一层黄泥说：“没看见吗？街上烤白薯的炉里都有泥，为了增加温度。”再烤时，泥被烤下来，掉在铁抽屉里。

后来他扔掉那盒子便画起图来。他画了一个新烤炉，立面、剖面都有，标上严格的尺寸，标上铁板所需的厚度。他会画图，布景设计师都要把自己的设计构想画成气氛图和制作图。他画成后便骑上他的“吉勒”沿街去找小炉匠，后来一个小炉匠接了这份活儿，为他打制了一个新炉子。新烤炉被扣在火炉上，父亲又撕块面团放进去。我和妹妹再观察他的表情时，他似有把握地说：“嗯，差不多。”

面包出炉了，颜色真有点像，这足够我们欢腾一阵了。父亲嘘着气把这个尚在烫手的热面团掰开，显然他又遇到了麻烦——他掰得很困难。但他还是各分一块给我们，自己也留一块放在嘴里嚼嚼说：“怎么？烤馒头味儿。”我和妹妹都嘎嘎嚼着那层又厚又脆的硬皮，只觉得很香，但不像面包。我们也不说话。

后来父亲消沉了好一阵，整天翻他的旧书旧画报，炉子被搁置门后，上面扔着白菜土豆。

一次，他翻出一本《苏联妇女》对我说："看，面包。"我看到一面挂着花窗帘的窗户，窗前是一张阔大的餐桌。桌上有酒杯，有鲜花，有摆得好看的菜肴，还有一盘排列整齐的面包。和父亲烤出的面包相比，我感到它们格外的蓬松、柔软。

也许是由于画报上面包的诱发，第二天父亲从商店里买回几个又干又黑的圆面包。那时，我们这个城市有家被称作"一食品"的食品厂，生产这种被称作面包的面包。不过它到底有别于馒头的味道。我们分吃着，议论、分析着面包为什么称其为面包，我们都发言。

那次的议论使父亲突然想起一位老家的表叔。20世纪40年代，这表叔在一个乡间教堂里，曾给一位瑞典牧师做过厨师，后来这牧师回了瑞典，表叔便做起了农民。父亲专程找到了他，但据表叔说，这位北欧传道者对面包很不注重，平时只吃些土豆蘸盐。表叔回忆了他对面包的制作，听来也属于烤馒头之类。这还不是父亲的追求。从表叔那里他只带回半本西餐食谱，另外半本被表叔的老伴铰了鞋样。面包部分还在，但制作方法却写得漫无边际，比如书中指出：发面时需要"干酵母粉一杯"。且不说这杯到底意味着多大的容积，单说那干酵母粉，当时对于一个中国家庭来说大概就如同原子对撞，如同摇滚音乐，如同皮尔·卡丹吧？再说那书翻译之原始，还把“三明治”翻作“萨贵赤”。

一天，父亲终于又从外面带回了新的兴奋。他进门就高喊着说：“知道了，知道了，面包发酵得用酒花，和蒸馒头根本不是一回事。真是的。”我听着酒花这个奇怪的名字问他那是一种什么东西，他说他也没有见过。想了想他又说：“大概像中药吧。”我问他是从哪里听说的。他说，他在汽车站等汽车，听见两个中年妇女在聊天，一个问一个说，多年不见了，现时在哪儿上班；另一个回答在“一食品”面包车间。后来父亲便和这个“一食品”的女工聊起来。

那天，酒花使父亲一夜没睡好。第二天他便远征那个“一食品”找到了那东西。当然，平白无故从一个厂家挖掘原料是要费一番周折的。为此他狡黠地隐瞒了自己这诡秘而寒酸的事业，只说找这酒花是为了配药，这便是其中的一味。有人在旁边云山雾罩地帮些倒忙，说这是从新疆“进口”的，以示它购进之不易。但父亲总算圆满了起初就把这东西作为药材的想象。

“很贵呢。”他举着一个中药包大小的纸包给我看，“就这一点，六块钱。”

那天他还妄图参观“一食品”的面包车间，但被谢绝了，那时包括面包在内的糕点制作似都具有一定的保密性。幸好那女工早已告诉了他这东西的使用方法，自此他中断一年多的面包事业又继续起来。他用酒花煮水烫面、发酵、接面、再发酵、再接面、再发酵……完成一个程序要两天两夜的时间。为了按要求严格掌握时间，他把他的“和平”闹钟上好弦，“和平”即使在深夜打铃，他也要起床接面。为了那严格的温度，他把个面盆一会儿用被子盖严，一会儿又移在炉火旁边，拿支温度表放在盆内不时查看。

一天晚上他终于从那个新烤炉里拽出一只灼手的铁盘，铁盘里排列着六个小圆面包。他垫着屉布将灼手的铁盘举到我们面前说：“看，快看，谁知道这叫什么？早知如此何必如此！”我看看他那连烤带激动的脸色，想起大人经常形容孩子的一句话：烧包。

父亲是烧包了，假如一个家庭中孩子和大人是居平等地位的话，我是未尝不可这样形容父亲一下的。我已知道那铁盘里发生了什么事，放下正在写着的作业就奔了过去。妹妹为等这难以出炉的面包，眼皮早打起了架，现在也立刻精神起来。父亲发给我们每人一个说：“尝呀，快尝呀，怎么不尝?”他执意要把这个鉴定的权力让给我们。那次他基本是成功的，第一，它彻底脱离了馒头的属性；第二，颜色和光泽均属正常。不足之处还是它的松软度。

不用说最为心中有数的还是父亲。

之后他到底又找到了那女工，女工干脆把这位面包的狂热者介绍给那厂里的一位刘姓技师。他从刘技师那里了解到一些关键所在，比如发酵后入炉前的醒面，以及醒面时除了一丝不苟的温度，还有更严格的湿度。后来，当父亲确信他的面包足以超过了“一食品”（这城市根本没有“二食品”）所生产的面包时，他用张干净白纸将一个面包包好，亲自送到那面包师家去鉴定。

父亲回忆当时的情景说，那个晚上刘技师一家五六口人正蹲在屋里吃晚饭，他们面前是一个大铁锅，锅里是又稠又黏的玉米面粥，旁边还有一碗老咸菜，仅此而已。一个面包师的晚餐给他留下了终生印象。

面包师品尝了父亲的面包，并笑着告诉他说：“对劲儿。自古钻研这个的可不多。我学徒那工夫，也不是学做面包，是学做蛋糕。十斤鸡蛋要打满一小瓮，用竹炊帚打，得半天时间。什么事也得有个时间，时间不到着急也没有用。”他又掰了一小口放在嘴里品尝着，还把其余部分分给他的孩子，又夸了父亲“对劲儿”。

父亲成功了，却更不安分起来，仿佛面包一次次的发酵过程，使他的脑子也发起酵来，他决心把他的面包提到一个更高阶段。

那时候尼迈里、鲁巴伊、西哈努克经常来华访问，每次访问不久便有一部大型纪录影片公映，从机场的迎接到会见、参观，到迎宾宴会。父亲对这种电影每次必看，并号召我们也看。看时他只注意那盛大的迎宾国宴，最使他兴奋的当然莫过于主宾席上每人眼前那两个小面包了。他生怕我们忽略了这个细节，也提醒我们说：“看，快看！”后来他干脆就把国宴上那种面包叫作“尼迈里”了。那是并在一起的两个橄榄型小面包，颜色呈浅黄，却发着高贵的亮光。父亲说，他能猜出这面包的原料配制和工艺过程，他下一个目标，便是这“尼迈里”。

为烘制“尼迈里”，他又改进了发酵工艺及烤炉的导热性能。他在炉顶加了一个拱形铁板，说，过去他的炉子属于直热式，现在属热回流式。

他烤出了“尼迈里”说：“你面对一个面包，只要看到它的外观，就应该猜到它的味道、纤维组织和一整套生产工艺。”自此我也养成了一个习惯，便是对面包的分析。多年之后当我真的坐在从前尼迈里坐过的那个地方，坐在纽约曼哈顿的饭店里，坐在北欧和香港那些吃得更精细的餐馆里，不论面前是哪类面包，我总是和父亲的“尼迈里”做着比较，那几乎成为我终生分析面包的一个标准起点。也许这标准的真正起点，是源于父亲当年为我们创造的意外的氛围。我想，无论如何，父亲那时已是一位合格的面包师了。

这些年父亲买到了好几本关于面包烘制法的书籍，北京新侨饭店的发酵工艺、上海益民厂的发酵工艺、北京饭店的、瑞典的、苏格兰的……还买了电烤箱。我们所在的城市也早已引进了法式、港式、澳大利亚式面包生产线，面包的生产已不再是当年连车间都不许他进的那个秘密时代了。然而父亲不再烘制了，他正在安分着他的绘画事业。只在作画之余，有时随意翻翻这些书说："可见那时我的研究是符合这工艺的。"后来我偶然地知道，发酵作为大学里的一个专业，学程竟和作曲、高能物理那样的专业同样长短。

一只生着锈的老烤炉摆在他的画架旁边，作为画箱的依托。也许父亲忘记了它的存在，但它却像是从前的一个活见证，为我们固守着那不可再现的面包岁月。

一件小事

15岁那年，我很迷恋打针，找到母亲一位在医院工作的朋友做老师，向她学会了注射术。

自从我学会了打针，便开始企盼眼前有病人，不论是家人或外人。我备齐针具，严格按照程序一次次操作着。一天，有位邻居来找我，说她每天都要去医院注射维生素B12，我若能为她注射，便可免却她每天跑医院的麻烦。我愉快地接受了她的请求。

这位邻居本是天津知青，因病没有下乡，大约在天津又找不到工作，才来到我们的城市投奔她的姨母，并在一家小厂谋到了事做。她好像是那种心眼儿不坏，但生性高傲的姑娘，学过芭蕾，很惹男性注意。这样的邻居求我，弄得我心花怒放。

每日的下午，我放学归来，便在我家像迎接公主一样迎接我的病人了。一连数日事情进行得都顺利，我的手艺也明显的娴熟起来。熟能生巧，巧也能使人忘乎所以乃至贻误眼前的事业。这天我的病人又来了，我开始做着注射前的准备：把针管、针头用纱布包好放进针锅（一个小饭盒），再把针锅放在煤气灶上煮。煮着针，我就和病人聊起天来，聊着小城的新闻，聊着学生的前途，不知过了多久，我才突然想起煤气灶上的事。

有句很诙谐的俗话形容人在受了惊吓时的状态，叫作“吓出了一脑袋头发”，这形容正好用于我当时的状态。我已意识到我受了惊吓，那针无疑是大大超过了要煮的时间。我飞奔到灶前关掉煤气，打开针锅观看，见里面的水已烧干，裹着针管的纱布已微煳，幸亏针管、针头还算完好。

我不想叫我的病人发现我那被吓出的“一脑袋头发”和这煮干了的针锅，装作没事人似的，又开始了我的工作。我把药抽进针管，用碘酒和酒精为病人的皮肤消过毒，迅速向眼前那块雪亮的皮肤猛刺，谁知这针头却不帮我的忙了，它忽然变得绵软无比，我一次次往下扎，针头一次次变做弯钩。针进不去，我那邻居的皮肤上，却是血迹斑斑。我心跳着弄不清眼前到底发生了什么事，但注射的失败是注定的了。这实在是一个大祸临头的时刻，唯有向病人公开宣布我的失败，我才能尽快从失败里得以解脱吧。我宣布了我的失败，半掖半藏地收起我那难堪的针头，眼泪已噼里啪啦地掉下来。

我的邻居显然已知道背后发生了什么事，穿好衣服站在我眼前说：“这不是技术问题，是针头退了火。隔一天吧，这药隔一天没关系。”

邻居走了，我哭得更加凶猛，耳边只剩下“隔一天吧，隔一天吧”……难道真的只隔一天吗？我断定今生今世她是再也不会来打针了。但是第二天下午，她却准时来到我家，手里还举着两支崭新的针头，她像什么事也没有发生过一样，微笑着对我说：“你看看这种号对不对？6号半。”这次我当然成功了。一个新的6号半，这才是我成功的真正基础吧。

许多年过去了，每当我因为一件小事的成功而飘飘然时，每当我面对旁人无意闯下的“小祸”而愤愤然时，眼前总是闪现出那位邻居的微笑和她手里举着的两支6号半针头。

许多年过去了，我深信她从未向旁人宣布和张扬过我那次的过失。一定是因了她的不张扬，才使我真正学会了注射术，和认真去做一切事。

想象胡同

少年时，由于父母去遥远的“五·七”干校劳动，我被送至外婆家寄居，做了几年北京胡同里的孩子。

外婆家的胡同地处北京西城，胡同不长，有几个死弯。外婆的四合院是一座坐北朝南的两进院子，院落不算宽敞，院门的构造却规矩齐全，大约属屋宇式院门里的中型如意门。门框上方雕着“福”“寿”的门簪，垂吊在门扇上用作敲门之用的黄铜门钹，以及迎门的青砖影壁和大门两侧各占一边的石头“抱鼓”，都有。或者，厚重的黑漆门扇上还镌刻着“总集福荫，备致嘉祥”之类的对联吧。只是当我作为寄居者走进这两扇黑漆大门时，门上的对联已换作了红纸黑字的“四海翻腾云水怒，五洲震荡风雷激”。

这样的对联，为当时的胡同增添着激荡的气氛。而在从前，在我更小的时候来外婆家做客，胡同里是安详的。那时所有的院门都关闭着，人们在自家的院子里，在自家的树下过着自家的生活。外婆的院里就有四棵大树，两棵矮的是丁香，两棵高的是枣树。五月里，丁香会喷出一院子雪白的芬芳；到了秋日，在寂静的中午我常常听见树上沉实的枣子落在青砖地上溅起的“噗噗”声。那时我便箭一般地蹿出屋门，去寻找那些落地的大枣。

偶尔，有院门开了，那多半是哪家的女主人出门买菜或者买菜回来。她们把用一小块木纸包着的一小堆肉馅儿托在手中，或者是一小块报纸裹着的一小绺韭菜，于是胡同里就有了谦和热情、啰唆而又不失利落的对话。说她们啰唆，是因为那对话中总有无数个“您慢走”“您有工夫过来”“瞧您还惦记着”“您哪……”等等等等。外婆隔壁院里有位旗人大妈，说话时礼儿就更多。说她们利落，是因为她们在对话中又很善于把句子简化，比如：

“春生来雪里蕻啦。”

“笔管儿有猫鱼。”

“春生”是指胡同北口的春生副食店，“笔管儿”是指挨着胡同西口的笔管胡同副食店。猫鱼是商店专为养猫人家准备的小杂鱼，一毛钱一堆，够两只猫吃两天。为了春生的雪里蕻和笔管儿的猫鱼，这一阵小小的欢腾不时为胡同增添着难以置信的快乐与祥和。她们心领神会着这简约的词汇再道些“您哪、您哪”，或分手，或一起去北口的春生，西口的笔管儿。

当我成为外婆家长住的小客人之后，也曾无数次地去春生买雪里蕻，去笔管儿买猫鱼，剩下零钱还可以买果丹皮和粽子糖。我也学会了说春生和笔管儿，才觉得自己真正被这条胡同所接纳。

后来，胡同更加激荡起来，这样啰唆而利落的对话不见了。不久，又有规定让各家院门必须敞开，说若不敞开院中必有阴谋，晚上只在规定时间门方可关上。外婆的黑漆大门冲着胡同也敞开了，使人觉得这院子终日在众目睽睽之下。

那时，外婆院子的西屋住着一对没有子女的中年夫妇——崔先生和崔太太。崔先生是一个傲慢的孤僻男人，早年曾经留学日本，现任某自动化研究所的高级工程师。夫妇二人过得平和，都直呼着对方的名字，相敬如宾。有一天忽然有人从敞开的院门冲入院子抓走了崔先生，从此十年无消息。而崔太太就在那天夜里疯了，可能属于幻听症。她说她听到的所有声音都是在骂她，于是她开始逃离这个四合院和这条胡同，胳膊上常挎着一个印花小包袱，鬼使神差似的。听人说那包袱里还有黄金。她一次次地逃跑，一次次地被街道的干部大妈抓回。街道干部们传递着情况说：

“您是在哪儿瞧见她的？”

“在春生，她正掏钱买烟呢，让我一把就攥住了她的手腕儿……”

或者：“她刚出笔管儿，让我发现了。”

拎着酱油瓶子的我，就在春生见过这样的场面——崔太太被人抓住了手腕儿。

对于崔太太，按辈分我该称她崔姥姥的，这本是一个个子偏高、鼻头有些发红的干净女人。我看着她们扭着她的胳膊把她押回院子锁进西屋，还派专人看守。我曾经站在院里的枣树下希望崔太太逃跑成功，她是多么不该在离胡同那么近的春生买烟啊。不久崔太太因肺病死在了西屋，死时，偏高的身子缩得很短。

这一切，我总觉着和院门的敞开有关。

十几年之后胡同又恢复了平静，那些院门又关闭起来，人们在自己的院子里做着自己的事情。当长大成人的我再次走进外婆的四合院时，我得知崔先生已回到院中。但回家之后砸开西屋的锈锁他也疯了：他常常头戴白色法国盔，穿一身笔挺的黑呢中山装，手持一根楠木拐杖在胡同里游走、演说。并且他在两边的太阳穴上各贴一枚图钉（当然是无尖的），以增强脸上的恐怖。我没有听过他的演说，目击者都说，那是他模拟出的施政演说。除了做演说，他还特别喜欢在貌似悠然的行走中猛地回转身，将走在他身后的人吓那么一跳。之后，又没事人似的转过身去，继续他悠然的行走。

我曾经在夏日里一个安静的中午，穿过胡同向大街走，恰巧走在头戴法国盔的崔先生之后，便想着崔先生是否要猛然回身了。在幽深狭窄、街门紧闭的胡同里，这种猛然回身确能给后面的人以惊吓的。果然，就在我走近笔管儿时，离我仅两米之遥的崔先生来了一个猛然回身，于是我看见了一张黄白的略显浮肿的脸。可他并不看我，眼光绕过我，却使劲儿朝我的身后望去。那时我身后并无他人，只有我们的胡同和我们共同居住的那个院子。崔先生望了片刻便又返回身继续往前走了。

以后我再也没有见过崔先生，只不断听到关于他的一些花絮。比如，由于他的“施政演说”，他再次失踪又再次出现；比如，他曾得过一笔数额不小的补发工资，又被他一个京郊侄子骗去……

出人意料的是，当时我却没有受到崔先生的惊吓，只觉得那时崔先生的眼神是刹那的欣喜和欣喜之后的疑惑。他旁若无人地欣喜着自己只是向后看，然后便又疑惑着自己再转身朝前。

许多年过后，我仍然能清楚地回忆起崔先生那疾走乍停、猛向后看的神态，我也终于猜到了他驻步的缘由，那是他听见了崔太太对他那直呼其名的呼唤了吧？院门开了，崔太太站在门口告诉他，若去笔管儿，就顺便买些猫鱼回来。然而，崔先生很快又否定了自己，带着要演说的抱负朝前走去。

一千张糖纸

小学一年级的暑假里，我去北京外婆家做客。正是“七岁八岁讨人嫌”的年龄，外婆的四合院里到处都有我的笑闹声。加之隔壁院子一个名叫世香的女孩子跑来和我做朋友，我们两人的种种游戏更使外婆家不得安宁了。

我们在院子里跳皮筋，把青砖地跺得砰砰响；我们在枣树下的方桌上玩“抓子儿”，“羊拐”撒在桌面上一阵又一阵哗啦啦啦、哗啦啦啦；我们高举着竹竿梆枣吃，青青的枣子滚得满地都是；我们比赛着唱歌，你的声音高，我的声音就一定要高过你。外婆家一个被我称作表姑的人对我们说：“你们知道不知道什么叫累呀？”我和世香互相看看，没有名堂地笑起来——虽然这问话没有什么好笑，但我们这一笑便是没完没了，上气不接下气。是啊，什么叫累呀？我们从来没有思考过累的问题。有时候听见大人说一声“喔，累死我了！”我们会觉得那是因为他们是大人呀，“累”距离我们是多么遥远啊。

当我们终于笑得不笑了，表姑又说：“世香不是有一些糖纸么，为什么你们不花些时间攒糖纸呢?”我想起世香的确让我参观过她攒的一些糖纸，那是几十张美丽的玻璃糖纸，被她夹在一本薄薄的书里。可我既没有对她的糖纸产生过兴趣，也不打算重视表姑的话。表姑也是外婆的客人，她住在外婆家养病。

世香却来了兴致，她问表姑：“你为什么让我们攒糖纸呀?”表姑说糖纸攒多了可以换好东西，比方说一千张糖纸就能换一只电动狗。我和世香被表姑的话惊呆了：我们都在百货大楼见过这种新式的玩具，狗肚子里装上电池，一按开关，那毛茸茸的小狗就汪汪叫着向你走来。电动狗也许不会被今天的孩子所稀奇，但在二十多年以前，在中国玩具单调、匮乏的时代，表姑的允诺足以使我们激动很久。那该是怎样一笔财富，那该是怎样一份快乐?更何况，这财富和快乐将由我们自己的劳动换来呢。

我迫不及待地问表姑糖纸攒够了找谁去换狗，世香则细问表姑关于糖纸的花色都有什么要求。表姑说一定要透明玻璃糖纸，每一张都必须平平展展，不能有褶皱。攒够了交给表姑，然后表姑就能给我们电动狗。

一千张糖纸换一只电动狗，我和世香若要一人一只，就需要两千纸糖纸。这不是一个小数目，但我们信心百倍。

从此我和世香再也不跳皮筋了，再也不梆枣吃了，再也不抓子儿了，再也不扯着嗓子比赛唱歌了。外婆的四合院安静如初了，我们已开始寻找糖纸。

当各式各样的奶糖、水果糖已被今日的孩子所厌倦时，从前的我们正对糖寄予着无限的兴趣。你的衣兜里并不是随时有糖的，糖纸——特别是包装高档奶糖的玻璃糖纸也不是到处可见。我和世香先是把零花钱都买了糖——我们的钱也仅够买几十块高级奶糖，然后我们突击吃糖，也不顾糖把嗓子齁得生疼，糖纸总算到手了呀；我们走街串巷，寻找被人遗弃在犄角旮旯的糖纸，我们会追随着一张随风飘舞的糖纸在胡同里一跑半天的；我们守候在食品店的糖果柜台前，耐心等待那些领着孩子前来买糖的大人，等待他们买糖之后剥开一块放进孩子的嘴，那时我们会飞速捡起落在地上的糖纸，或是“上海太妃”，或是“奶油咖啡”；我们还曾经参加世香一个亲戚的婚礼，婚礼上那满地糖纸令我们欣喜若狂。我们多么盼望所有的大人都在那些日子里结婚，而所有的婚礼都会邀请我们！

我们把那些皱皱巴巴的糖纸带回家，泡在脸盆里使它们舒展开来，然后一张一张贴在玻璃窗上，等待着它们干后再轻轻揭下来，糖纸平整如新。

暑假就要结束了，我和世香每人都终于攒够了一千张糖纸。在一个下午，表姑午睡起来坐着喝茶的时候，我们走到她跟前，献上了两千张糖纸。

表姑不解地问我们这是干什么，我们说狗呢，我们的电动狗呢？表姑愣了一下，接着就笑起来，笑得没完没了，上气不接下气。待她笑得不笑了，才擦着笑出的泪花说："表姑逗着你们玩哪，嫌你们老在院子里闹，不得清静。"

世香看了我一眼，眼里满是悲愤和绝望，我觉得还有对我的藐视——毕竟，这个逗着我们玩的大人是我的表姑啊。这时我忽然有一种很累的感觉，我初次体味到大人们常说的累，原本就是胸膛里那颗心的突然加重吧。

我和世香拿回我们的糖纸来到院里，在院子门口，我把我精心"打扮"过的那一千张糖纸扔向天空，任它们像彩蝶一样随风飘去。

我长大了，在读了许多书识了许多字之后，每逢看见"欺骗"这个词，总是马上联想起"表姑"这个词。两个词是如此紧密地在我意识深处挨着，岁月的流逝也不曾将它们彻底分离，让我相信大人轻易之间就能够深深伤害孩子，而那深深的伤害会永远地藏进孩子的记忆。

孩子是可以批评的，孩子是可以责怪的，但孩子是不可以欺骗的，欺骗本是最深重的伤害。

我们已经长大成人，可所有的大人不都是从孩童时代走来的么？

与陌生人交流

从前我的家，离我就读的中学不远。上学的路程大约十分钟，每天清晨我都要在途中的一家小吃店买早点。

那年我十三岁，念初中一年级。正是“深挖洞，广积粮”的时候，因此一入学便开始了拉土、扣坯、挖防空洞。虽说也有语文、数学等等的功课开着，但那似乎倒成了次要，考试是开卷的，造成了一种学不学两可的氛围。只有新增设的一门叫作“农业”的课，显出了它的重要。每逢上课，老师都要再三强调，这课是为着我们的将来而设。于是当我连“安培”“伏特”尚不知为何物时，就了解了氮磷钾、人粪尿、柴煤肥以及花期、授粉、山药炕什么的。这来自书本的乡村知识并不能激发我真正的兴趣，或者我也不甘做一名真正的农民吧。我正在发育的身体，乐观地承受着强重的体力劳动，而我的脑子则空空荡荡，如果我的将来不是农民，那又是什么呢？我不知道。

每日的清晨，我就带着一副空荡的脑子走在上学的路上，走到那家小吃店门前。我要在这里吃馃子和喝豆浆，馃子就是人们所说的油条。这个时间的小吃店，永远是热闹的，一口五印大锅支在门前，滚沸的卫生油将不断下锅的面团炸得吱吱叫着，空气里有依稀的棉花籽的香气。这卫生油是棉籽油经过再加工而成，虽然因了它剔除不尽的杂质，炒菜时仍要冒出青烟，但当年，在这座每人每月只有150克食油供应的城市，能吃到卫生油炸出的馃子已是欢天喜地的事了。我排在等待馃子的队伍里，看炸馃子的师傅麻利、娴熟地操作。

站在锅前负责炸馃子的是位年轻姑娘，她手持一双长竹筷，不失时机地翻动着油条，将够了火候的成品夹入锅旁那用来控油的钢丝笸箩里。因为油是珍贵的，控油这一关就显得格外重要。她用不着看顾客，只低垂着眼睑做着属于自己业务范围的事——翻动、捞起，但她的操作是愉快的，身形也因了这愉快的劳作而显得十分灵巧。当她偶尔因擦汗把脸抬起来时，我发现她长得非常好看，她那新鲜的肤色，那从白帽檐儿下掉出来的栗色头发，那纯净、专注的眼光，她的一切……在我当时的年岁，无法用词汇去形容一个成年女人的美，但一个成年女人的美却真实地震动着我，使我对自己充满自卑，又充满希冀。

关于美女，那时我知道得太少，即使见过一点可怜的图片，也觉得那图片分外遥远、虚渺。邻居的孩子曾经藏有一本抄家遗漏的《爱美莉亚》连环画，莎士比亚这个关于美女的悲剧故事吸引过我，可我并不觉得那个爱美莉亚美丽。再就是家中剩余的几张旧唱片了，那唱片封套上精美的画面也曾令我赞叹不已：《天鹅湖》中奥薇丽塔飘逸的舞姿，《索尔维格之歌》上袁运甫先生设计的那韵致十足、装饰性极强的少女头像……她们都美，却可望而不可即。唯有这炸馃子的姑娘，是活生生的可以感觉和捕捉的美丽。她使我空荡的头脑骤然满当起来，使我发现我原本也是个女性，使我决意要向着她那样子美好地成长。

以后的早晨，我站在队伍里开始了我细致入微的观察，观察她那两条辫子的梳法，她站立的姿态，她擦汗的手势，脚上的凉鞋，头上的白布帽。当我学着她的样子，将两条辫子紧紧并在脑后时，便觉得这已大大缩短了我和她之间的距离。当寒冷的冬季我戴上围巾又故意拉下几缕头发散出来时，我的内心立刻充满愉快。日子在我对她的模仿中生着情趣，脑子不再空荡，盯着黑板上的氮磷钾，我觉出一个新我正在自己身上诞生。

后来我们搬了家，再后来我真的去了有着柴煤肥和山药炕的那个广阔天地。我不能再光顾那家小吃店了。

当我在乡间路上，在农民的院子里遇见陌生的新媳妇时，总是下意识地将她们同那位炸馃子的姑娘相比，我坚信她们都比不上她。直到几年后我返回城市，又偶尔路过那家小吃店时，发现那姑娘还在。五印的铁锅仍旧沸腾着，她仍旧手持细长的竹筷在锅里拨弄。她的栗色头发已经剪短，短发在已染上油斑的白帽子边沿纷飞。她还是用我熟悉的那姿势擦汗。她抬起头来，脸色使人分不清是自然的红润，还是被炉火烤得通红。她没了昔日的愉快，那已然发胖的身形也失却了从前的灵巧。她满不在乎地扫视着排队的顾客，嘴里满不在乎地嚼着什么。这咀嚼使她的操作显得缺乏专注和必要的可靠，就仿佛笸箩里的馃子其实都被她嚼过。我站在锅前，用一个成年的我审视那更加成年的她，初次怀疑起我少年时代的审美标准。因为，站在我面前的实在只是一名普通妇女。此刻她正从锅里抽出筷子指着我说："哎，买馃子后头排队去！"她的声音略显沙哑，眼光疲惫而又烦躁。好像许多年来她从未有过愉快，只一味地领受着这油烟和油锅的煎熬。

我匆匆地向她指给我的"后头"走去，似乎要丢下一件从未告知他人的往事，还似乎害怕被人识破：当年的我，专心崇拜的就是这样一位妇女。

又是一些年过去，生活使我见过了许多好看的女性，中国的，外国的，年老的，年轻的……那炸馃子的师傅无法与她们相比，偶尔地想起她来，仿佛只为证实我的少年是多么幼稚。

又是一些年过去，一个不再幼稚的我却又一次光顾那家小吃店了。记得是秋天的一个下午，我乘坐的一辆面包车在那家小吃店前抛锚。此时，门口只有一只安静的油锅，于是我走进店内。我看见她独自在柜台里坐着，头上仍旧戴着那白帽，帽子已被油烟沤成了灰色。她目光涣散，不时打着大而乏的哈欠，脸上没有热情，却也没有不安和烦躁，就像早已将自己的全部无所他求地交给了这店、这柜台。柜台里是打着蔫儿的凉拌黄瓜。我算着，无论如何她不过四十来岁。

下午的太阳使店内充满金黄的光亮，使那几张铺着干硬塑料布的餐桌也显得温暖、柔和。我莫名地生出一种愿望，非常想告诉这个坐在柜台里打着哈欠的女人，在许多年前我对她的崇拜。

“小时候我常在这儿买馃子。”我说。

“现在没有。”她漠然地告诉我。

“那时候您天天站在锅前。”我说。

“你要买什么？现在只有豆包。”她打断我。

“您梳着两条又粗又长的辫子，穿着白凉鞋，您……”

“你到底想干什么？”她几乎怪我打断了她的呆坐，索性别过脸不再看我。

“我只是想告诉您，那时候我觉得您是最好看的人，我曾经学着您的样子打扮我自己。”

“嗯？”她意外地转过脸来。

面包车的喇叭响了，车子已经修好，司机在催我上车。

我匆匆走出小吃店，为我这唐突的表白寻找动机，又为我和她那无法契合的对话感到没趣。但我忘不了她那声意外的“嗯”，和她那终于转向我的脸。我多么愿意相信，她相信了一个陌生人对她的赞美。

不久，当又一个新鲜而嘈杂的早晨来临时，我又乘车经过这个小吃店。门前的油锅又沸腾起来，还是她手持竹筷在锅里拨弄。她的头上又有了一顶雪白的新帽子，栗色的鬈发又从帽檐儿里滚落下来，那些新烫就的小发卷儿为她的脸增添着活泼和妩媚。她以她那本来发胖的身形，正竭力再现着从前的灵巧，那是一种更加成熟的灵巧。

车子从店前一晃而过，我忽然找到了那个下午我对她唐突表白的动机。正因为你不再幼稚，你才敢向曾经启发了你少年美感的女性表示感激，为着用这一份陌生的感激，再去唤起她那爱美的心意。

那小吃店的门口该不会有“欢迎卫生检查团”的标语吧？城市的饮食业，总要不时迎接一些检查团的；那小吃店的门前，会不会有电视摄像机呢？也许某个电视剧组，正借用这店做外景地。我庆幸我的车子终究是一晃而过，我坚信：她的焕然一新分明是因为听见了我的赞美。

当你克服着虚荣走向陌生人，平淡的生活里处处会充满陌生的魅力。

我看青山多妩媚*

最初认识张洁，是从她的文学开始。从《捡麦穗》到《无字》，近四十年的文学生涯，她的天生丽质、敏感、优雅的文字，她那炉火纯青地流淌着微妙节奏感的叙述才能，她对人性、苦难、爱、背叛、理想、希冀、庸俗、纯真的刻骨描绘，是如此的撞击人心，即便写于三十年前的短小散文，三十年后再读，我依然胸口发热。

而她在最重要的作品中，对现实、历史、民族、革命、社会、文化的开阔、奇峻的视野，正派、独到的见地，“较真儿”的敏锐表达和不屈追溯，无不让人心生敬意。她的文学始终是灵魂在场的文学，她如冰似火，细腻而又率直，“愚钝”而又犀利，泼辣而又脆弱，孤高而又虔诚，那是一种不可复制的气象，一种欲说还休的斑驳。我就问自己：你真的认识这位

---

* 此文系作者为张洁画作所作序言。

“从森林里来的孩子”吗？[1]

后来认识张洁，是从她的摄影作品开始。不久前出版的《流浪的老狗》一书，有张洁独自旅行拍摄的百余幅照片，配以她为这些照片所写下的文字。张洁不把这些照片称为摄影作品，也不曾为自己配备专业摄影器材，简单的行囊里仅一架“傻瓜”相机而已。

她喜欢的是行走本身。“有人生来似乎就是为了行走。他们行走，是为了寻找。寻找什么，想来他们自己也未必十分清楚，也许是为了寻找心之所依，也许是为了寻找魂之所系……只有在行走中，在用自己的脚步叩击大地，就像地质队员用手中的小铁锤探听地下宝藏那样，去探听大地的耳语、呼吸、隐秘的时候，或自己的瞳孔聚焦于天宇，并力图穿越天宇，去阅读天宇后面那本天书的时候，他的心才会安静下来。”张洁说。

也因此，张洁的拍摄是朴素天真的，自由放松的，幽默亦开怀。文学造化、艺术修养、审美趣味的浸润，使她的镜头有一种天然的对朴素风景的热忱与兴致。而她对构图、对光的自觉取舍和捕捉，又仿佛受过专业训练。

她拍欧洲老火车站台上油漆剥落的木椅，即将进站的大巴，小镇教堂，乡村旅店，街灯、老屋、厕所、拴马环，“自

① 《森林里来的孩子》，张洁小说的题目。

视甚高的树”，庞贝，雪中的书亭，令人叫绝的劈柴堆里的雌雄木桩，小角落里常见大气势。她拍西班牙海岸的白浪，德国的森林，希腊奥林匹克老赛场那块阅尽沧桑的大理石领奖台。她坦言：喜欢那些老而弥坚的味道。尽管破败，却依然从容；尽管没有当世的浮华，却处处散发着历史、文化悠远的气息。这样的喜欢，也就让人理解了为什么她会把一张石头砌就、窗棂残缺的拱形空窗起名为“不动声色的震慑”。华沙街上一辆童话般漂亮的马车，马车上载一只带雕花铁饰的精美木箱，原来是这城市的普通垃圾车。张洁让读者见识了如此艺术的垃圾车，她同时还把镜头伸向（她常自叹因为机器是“傻瓜”，她无法将镜头“伸”得更理想）宛若巨狮与人拥抱的山岩，更还有貌似凌厉、冷峻的一群巨石在呵护脚下一蓬巴掌大的小草。

有一张照片是草丛里两只恋爱中的螳螂，张洁拍到了它们觉察被打搅时那瞬间的恼怒表情——千载难逢的昆虫表情，使我想起法布尔在《昆虫记》里对身材纤细、本性凶狠的螳螂的神奇描绘。这位独立不羁的行者张洁，却原来对小生灵有着如此谦卑的照应，要不然，她何以会对山间给过她纯净注视的几只羊久久不能忘怀呢。在高高的山岗上有她每一次远行的追寻，若心灵引导她匍匐于小草，她亦绝不敷衍。我就问自己：你真的认识这位“从森林里来的孩子”吗？

新近认识张洁，是从她的绘画开始。如果摄影是她的兴致所至，信手拈来，随心所欲，绘画却被她看作第二职业。她选择了油画，并拜专业画家为师，足见其郑重的态度。这有点冒险，却符合张洁的性格。她表示过在艺术上不喜欢重复别人和自己，甚至不喜欢风格的“定格”。这需要勇敢和强大的行动力，需要过人的艺术感觉和造型能力，而这几样张洁都不缺少。近两年冬天，张洁由美国回到北京小住时，我曾去她的寓所拜访。在虽已搬空却仍散发着典雅气质的几个空房间里，弥漫着画布、乳胶、油画颜料和调色油的强烈气味。一个松木画架支在从前的书房中央，架上是刚起轮廓的新画。其余房间，墙上均是她的画作。有时她就身穿沾着油彩的深蓝色卡其布工作服见客，让我惊异这就是那位对生活细节和品位既严格又挑剔的，有着那么多“风姿绰约”的时光的，获过国内国际数十种大奖和荣誉的张洁么？

我看着面前不再年轻的张洁，她洒脱，淡定，一个心无旁骛的艺术劳动者，她的容颜正焕发出仅凭年轻还不配拥有的老象牙般的光华，真正是“豪华落尽见真淳”了。她不再是花朵，她更似坚果：润泽，沉实，劲道，淳厚。我想起苏联著名芭蕾舞艺术家乌兰诺娃，为什么在近六十岁还能担纲出演《天鹅湖》中的少女奥薇丽塔，那是她的打不倒的功力与技巧所赐，更是她见识、体味过花开花落，才有资格更准确、更深刻地诠释花开的绚丽与夺目，花落的辛酸与凛然。

我没有问过张洁为什么下如此功夫研习油画，窃以为这样的提问是愚蠢的。她曾在书中不经意间流露，摄影的收获是让她一脚踏进了别人看不见的色彩。绘画何尝不是如此，想来张洁心中正发生着必由绘画才能描述的景象。她的画大多没有命名，选材亦无约束，不似有些职业大画家比如塞尚，一辈子画过那么多家乡的维克多山也不腻烦。张洁更在乎所画对象最初给她的转瞬即逝的强烈触动或震动。

虽然她好像没有受过太多“流派”或“主义”的影响，但和写实主义相比，张洁显然更倾心于表现主义。她画深水、苍云、白桦、旧屋、老车、夕阳，也画女人、神马、雪豹、远山。有一幅构图“出格”的女性头像，我称之为油画写意：一尘不染的天蓝色背景占据画面大半，迎候一个线条简练、不计较多余细节的女人侧脸的闯入。她那蜜蜡般的肤色，微垂眼睑的矜持与洞悉世事般的超然疑似对作者心绪的某种泄露。

一帧画于2008年的豹子，我愿意把它叫作雌性的雪豹。画中雪豹正在回眸，被绸缎般亮丽而又锋利的阔叶草簇拥。那柔韧、结实的颈部与修长、矫健身躯所构成的优美曲线，衬着层次丰富的橙黄色炫目背景，使整个画面充满弹性的紧张感。逆光中的雪豹，当它的脖颈被一团侧光照耀时，作者有意凸显的这个局部就焕发出糅杂着淡紫罗兰色的高贵。接着你会被雪豹的眼神吸引：孤傲、警觉，又充溢着湿润的忧郁，一种不打扰同类亦不打扰人类的自尊。我被这豹子的眼神所打动，强烈的主观刻画刹那间连接了动物和人心的沟通。对照那幅“写意”的侧脸女人，与这雪豹竟有一种灵魂与气质上莫名的神似。

在张洁的画作里，与生俱来一种人与动物、动物与风景之间的平等和信任。在她心中的风景里，也说不定动物比人更像人。我不能说这幅作品在艺术上达到何样高度，但我可以说，张洁已显示出她作为一个艺术家所必备的锐利眼光、表现能力和叛逆之心。她的画面常大胆运用橙黄、橙红、橘黄等颜色，亦有大面积绿色入画，更证实了她对色彩的自觉训练与胸有成竹的把控。黄和绿是油画颜料里最容易被“画脏”的颜色，张洁呈现给观众的是热烈的明澄和清透的丰富。

我也喜欢那幅《门》，尽管张洁认为这不是她最心仪的作品。一扇打开的旧门，半面封闭的白窗，有纵深感的两个空房间被居中的淡灰色门框隔开，使画面交织成一种既错落又稳定的透视关系。我喜欢它不是因为它空，是因为画家能把空旷表现得如此饱满。陈旧的灰色水泥地面与外间橙红、锈红相杂的墙壁形成的反差，与里间海蓝色墙壁形成的对比，栗色门板上的几块青柠颜色借这一切做着并不刺眼的跳跃。被门框遮住大半的里间空房，因为一束柔光的透进，顿时带给人视觉上的依恋，所有的颜色安排都因之活跃起来，正所谓没有光就没有颜色。而房间里每个角落的气味也被搅动起来，这空屋旧门，一座房子的神秘呼吸，这故事结束的地方，在不同观众的眼里，又会引诱出多少不不同的开始呢。

曾经听过这样的说法：画是无声的诗，诗是有声的画。我对这种比喻持保留态度，它轻而易举地混淆并冲淡了文学和绘画各自独立的艺术价值。比如俄罗斯艺术中的一些“情节性绘画，”往往受着太多的文学的“羁绊”，画家在那些作品里努力想要完成的，本应交给作家去做。夏加尔曾说：“油画中往往隐藏着更多的话语、寂静和疑惑。这些话语一经说出就会削弱本质性的东西，把人们引向别的道路。”立体主义和抽象主义对艺术史的介入，能够证实上述道理。它改变了观念和观察世界的方式，解放的是人们感觉的局限。

画就是画，诗就是诗，如果诗已经是有声的画，张洁就不会再有拿起画笔的冲动。在作家笔下无法发生的事，在不拘一格的画家笔下什么都有可能发生。这是绘画的魅力，也是为什么会有优秀的作家非要暂时放下文学，拿起画笔不可。那是一种不掺水的生命的本能，一种令人艳羡的充沛的艺术才情。在画布和画框的局限中，她的绘画、文学和摄影正自由地遥相呼应。

“我看青山多妩媚，料青山见我应如是”。读张洁的画，我会想起辛弃疾的佳句。那里有人与大自然浑然天成的相互倾慕，有天下大同的欢悦情怀。张洁如“孤侠”行走天下，是满目青山不断呼唤出她在艺术表达中的大不安分与大自在。至于青山见她是否“应如是”，就我对张洁的粗疏理解，这或许根本不在她的料想中。她已超越了对相看两不厌的期待，也因此她更彻底，更决绝。我于是发现了自己对张洁更多的未知，便更要问我，你真的认识这位“从森林里来的孩子”么?

让我们静心读一读张洁的画。说到底，每一次对艺术和文学的欣赏，其实都是为了更深入地认识和理解我们自己，更响亮地开掘我们灵魂深处那些尚未醒来的颜色和表情。这便是艺术和文学于人类世界的隐性意义。

我看青山多妩媚，艺术真在，青山即在。

2014年9月1日

相信生活，相信爱

各位嘉宾，各位朋友：

虎年元宵节，适逢汪曾祺先生90周年诞辰。江苏省作家协会、中共高邮市委、高邮市人民政府在汪老的家乡联合举办“纪念汪曾祺先生90周年诞辰系列活动”，诚邀我出席，我深感荣幸。

汪曾祺先生离开我们13年了，但他的文学和人格，他用小说、散文、戏剧、书画为人间创造的温暖、爱意、良知和诚心却始终伴随着我们。

汪曾祺先生总让我想到母语无与伦比的优美和劲道。他对中国文坛的影响，尤其是对中、青年一代作家的影响是大而深刻的。一位青年评论家曾这样写道：“在风行现代派的80年代，汪曾祺以其优美的文字和叙述唤起了年青一代对母语的感情，唤起了他们对母语的重新热爱，唤起了他们对民族文化的热爱……他用非常中国化的文风征服了不同年龄、不同文化的人，因而又显出特别的‘新潮’，让年轻的人重新树立了对汉语的信心。”他像一股清风刮过当时的中国文坛，在浩如烟海的短篇小说里，他那些初读似水、再读似酒的名篇，无可争辩地占据着独特隽永、光彩常在的位置。能够靠纯粹的文学本身而获得无数读者长久怀念的作家真正是幸福的。

汪曾祺先生总让我想到“真性情”。这是一个饱含真性情的老人，一个对日常生活有着不倦兴趣的老人。他从不敷衍生活的“常态”，并从这常态里为我们发掘出悲悯人性、赞美生命的金子。让我们知道，小说是可以这样写的！窃以为，当一个人不能将真性情投入生活，又如何真挚为文？有句俗语叫作“人生如戏，戏如人生”。但在汪老这里却并非如此。他的人生也坎坷颇多，他却不容他的人生如“戏”；他当然写戏，却从未把个人生活戏剧化。他的人生就是人生，就像他始终不喜欢一个形容叫作“作家去一个地方体验生活”，他更愿意说去一个地方生活。后者更多了一份不计功利的踏实和诚朴，也就说不定离文学的本质更近。一个通身洋溢着人间烟火气的真性情的作家，方能赢得读者发自内心亲敬交加的感情。这又何尝不是一种境界呢。能达此境界的作家为数不多，汪老当是这少数人之一。

汪曾祺先生总让我想到“相信生活，相信爱”。因为，他就是相信生活也相信爱的，特别当他在苦难和坎坷境遇中。他曾被迫离别家人，下放到坝上草原的一个小县劳动，在那里画马铃薯，种马铃薯，吃马铃薯。但他从未控诉过那里的生活，他也从不放大自己的苦难。他只是自嘲地写过，他如何从对圆头圆脑的马铃薯无从下笔，竟然达到一种想画不像都不行的熟练程度。他还自豪地告诉我们，全中国像他那样，吃过那么多品种的马铃薯的人，怕是不多见呢。这并不是说，汪曾祺先生被苦难所麻木。相反，他深知人性的复杂和世界的艰深。他的不凡在于，和所有这些相比，他更相信并尊重生命那健康的韧性，他更相信爱的力量对世界的意义。我想说，实际上汪曾祺先生的心对世界是整个开放的，因此在故事的小格局里，他有能力呈现心灵的大气象。他曾在一篇散文中记述过他在那个草原小县的一件事：有一天他采到一朵大蘑菇，他把它带回宿舍精心晾干收藏起来。待到年节回北京与家人短暂团聚时，他将这朵蘑菇背回了家，并亲手为家人烹制了一份极其鲜美的汤，那汤给全家带来了意外的欢乐。

2009年5月17日，汪曾祺先生忌日的第二天，我去福田公墓为汪曾祺先生献花。那天太阳很好，墓园十分安静。我随着立在路边的指示牌的引导，寻找汪老的墓碑。我终于在一面指示牌上看见了汪老的名字，那上面标明他的位置在“沟北二组”。沟北二组，这是一个让我感到生疏的称谓。我环顾四周，原来一排排墓碑被一行行生机勃勃的桃树环绕。几位农人模样的男子正散站在树下仔细地修剪桃枝。从前这公墓说不定就是村子里的一片桃园吧？而此时的汪老，就仿佛成为这个村庄被编入“沟北二组”的一名普通村民。记得有一篇写汪老的文章里说，汪老是当代中国最具名士气质的文人。以汪老的人生态度以他的真性情，“名士”“村民”或者都不重要，若硬要比较，也许汪老更看重过往生命的平实和普通。我在汪曾祺先生与夫人合葬的简朴的墓碑前献上鲜花，我再次确信，汪老他早就坦然领受了头顶上这个再寻常不过的新身份，这儿离有生命的树和孕育生命的泥土最近。走出墓地时我才发现进门处还有一则“扫墓须知”，其中一条写道，“有献鲜花者，务请将花撕成花瓣撒在墓碑四周以防被窃”。但我没有返回“沟北二组”把鲜花撕成花瓣——心意已经在那儿，谁又能真的偷走呢?

今天，在汪曾祺先生的家乡，怀念他、热爱他的人们以这样的规模和如此的隆重来追忆这位中国现代文学的杰出人物，这一方水土的文化财富，使我感受到高邮润泽、悠远的文化积淀；我也愈加觉得，一个民族，一座城市，是不能没有如汪老这样一些让我们亲敬交加的人呼吸其中的。也因此，这纪念活动的意义将会超出文学本身。它不仅让我们在21世纪这个竞争的压力大于人与人之间美好情感相互赠予的时代，依然相信生活、相信爱，也唤起我们思索：在经济全球化的大背景之下，我们当怎样珍视和传承独属于我们民族的优雅的精神遗产，当怎样积攒和建设理性而积极的文化自信。

谢谢大家！

2010年正月十一

为什么要把时光留住

曾经读到过一段文字，关于意大利导演安东尼奥尼的：有时候安东尼奥尼也使用一次性成像照相机。在乌兹别克的一个区中心，在一部长期未能完成的电影拍摄现场，他决定赠送给三位穆斯林老人记录他们形象的照片。三位老人中最年长的那位飞快地扫了一眼照片，便把照片还给导演说："为什么要把时光留住?"

这老人的问题让安东尼奥尼目瞪口呆。

一九八二年初夏，我荣幸地被邀请参加《青年文学》编辑部在青岛举办的小说笔会。参加笔会的十几位作者都带去了自己半成熟的作品。我带去的是写了一半的短篇小说《哦，香雪》。我们在该写作的时间就写作；在该玩的时间就出去玩。去尚显冰冷的海里游泳，在崂山看见了一些面色阴郁的道士。有时大家也跳舞，但更多时间是互相看作品，互相给作品提意见——善意的争执便是免不了的了。我们虔诚地听取编辑的意见，《青年文学》的编辑们一直是那样热情和负责。那是一次给我以美好记忆的笔会，年轻的我们既渴望出名，也渴望诚实写作。但，时光不再。

电影、摄影是一种妄图把时光留住的艺术手段吗？

文学是一种妄图把时光留住的艺术手段吗？

时光是挽留不住的。那个反问安东尼奥尼的穆斯林老人真是位时光里的智者。

照片如果是一种向后的回忆，文学或者是一种向前的回忆，它不必花费心思挽留时光，它应该有力量去创造时光。

以蓄满泪水的双眼为耳

喜爱一个作家的作品，是不能不读他的自传的。每当我读过那些大家的自传后，就如同跟随着他们的人生重新跋涉了一遍，接着很可能再去重读他们的小说或诗。于是一种崭新的享受开始了，在这崭新阅读的途中，总会有新的美景突现，遥远而又亲近，陌生而又熟稔——是因为你了解并理解着他们作品之外的奇异人生所致吧。读许金龙先生最新译作《大江健三郎讲述作家自我》，即是这样的心情。

这是一部以对话形式展开的作家自传，大江健三郎面对采访者，坦然尽述50年作家生涯。他的讲述缜密而细腻，深邃而质朴。你甚至能够听得见他平缓却并不滞重的语调，这使我不断想起和大江健三郎先生两次印象深刻的见面。

第一次是在2000年初秋，中国社会科学院外文所为应邀来访的大江先生举办作品研讨会，我和数位作家同行被邀请参会。那时我刚从俄罗斯旅行回来，旅途中阅读的唯一一本小说即是大江先生的《燃烧的绿树》。还记得那天研讨会的气氛庄重、朴素，热烈。大江先生身着典雅、内敛的黑色正装，安静地坐在那里，倾听中国同行对他作品的评价，神情专注而谦逊，还有些许拘谨。当时，正是这些许的拘谨打动了我，我仿佛从中看到了一位真正的文学大师不事表演的心灵本色。给我印象深刻的还有，大江先生婉拒研讨会设午宴，他建议与会者以盒饭为午餐，说这样既简朴又节约时间。于是我们每人都拿到了一个盒饭。写作几十年，我也算参加过一些研讨会，似乎极少经历过盒饭午餐。

第二次和大江先生见面是2006年10月，我应邀同中国社科院代表团一道，赴东京参加日中文化交流协会成立50周年纪念活动。在东京会馆的纪念酒会结束后，大江先生特别邀请代表团一行有半小时恳谈。那天的大江先生仍然是典雅的黑色正装，他比六年前更多了些温和，而且健谈。我们围坐在酒店一隅的一张长方桌边，细心的大江先生还专为大家叫了茶和点心。那天的恳谈，大江先生说起了少年时受母亲的影响阅读鲁迅的小说，说起对鲁迅先生的敬仰。“孔乙己”“咸亨酒店”这些名字从小他便熟知。当说到有一次母亲很自豪地告诉他，“你父亲会写三种茴香豆的‘茴’字”时，大江先生笑起来。那一瞬间他的笑既开心又天真。

他还讲起对钱锺书先生的尊敬，尤其是对莫言作品的喜爱。然后大江先生把目光转向我说，“我们的两次见面，你给我的印象是年轻，勇敢。中国的女作家是不是都很勇敢呢——敢于向年长者发问?”和大江先生的年龄相比，我是年轻的。说到勇敢，我想起在六年前的那次研讨会上，会前我和一位文坛前辈的悄声对话一定让大江先生感到有趣，我惊异于他敏锐的观察力。

但让我更加感动的，是大江先生对当代中国作家的美好情感和热切期望。我曾不止一次听说，大江先生会在合适的时候亲自率日本的优秀青年作家访问中国，他期待日本的青年作家和中国的青年作家在中国或日本一道旅行，能有更多时间更深入地在旅行中交流文学，畅谈人生。这样的话题使大江先生很兴奋，当谈及这些时，他一扫我在六年前见到的拘谨，他的神情呈现出年轻人的清新和热烈，原本半个小时的恳谈延长至一个小时。就在这时，我仿佛看到了眼前有一棵“燃烧的绿树”。后来，当我阅读大江先生这部自传时，那种既沉静又燃烧的感觉始终伴随着我。

这是一场阅读的盛宴。魅力来自给人的心灵以垂直打击的思想的力量，来自作家对语言和想象力不败的激情与敏感，来自作家既谦逊又自信地对文学永不满足的追问，来自作家精神深处极度绝望中的壮丽希望。出生于日本四国森林的大江健三郎，通过他的文学生涯和他的鲜明人生，以穿越时空的刚健而又轻灵的笔触，以彻底的自由检讨的姿态，以对日本、对亚洲、对世界、对人类永不疲倦的严厉的审视与希冀，把他人生中明亮的忧伤，苍凉的善意、克制的温暖和文学中积极的美德呈现给读者。我从中望见了语言的森林，精神的森林，人生的森林。这森林静谧幽深，辽远阔大，丰沛、隐秘的地下水浸润其间，使森林朝气不衰；使绿树能够燃烧，而火焰却让绿树枝叶繁盛。

这是一位深度介入社会现实，奋不顾身地以生命致力于呼唤世界和平的作家，一位在小说艺术上对自己极为苛刻的、在技艺上决不退让的作家，一位用小说的方式，却把诗的沉静的又是荆棘般的锐利植入读者心中的作家。小说何以成为小说？想象力何以诞生，又究竟源自哪里？“神话素”如何在心里养育？要付出多少努力才能追逐到语言的圣性、魅惑的神秘之光？何为大江小说中重要资产的构造？以及作家本人被村子和东京撕裂的人生悲欢的新奇，他的以全部作品和整个人生作赌注，追究战后五十年以来日本的虚与实的不退让之意志……

给我印象深刻的还有大江先生在自述中对那些影响了他文学和人生的哲人、学者、作家的由衷敬意。他不仅坦言“作家的实际生活从古典文学里得到了鼓励和救济”，更是谦虚地把自己的长篇小说写作称为训练长篇小说的写作。当我读到大江先生40多年来，每天夜里都要为残疾儿子光裹好毛毯才入睡时，不禁生出和采访者同样的感慨：大江先生的小说是不可思议的，大江先生的人生同样不可思议。大江先生实在是拥有特殊意志的人，而赋予这特殊意志之力量的人，正是他的残疾长子——光。在日本交响乐团纪念莫扎特诞生250周年的《安魂曲》演奏会上，大江先生应邀赠诗一首：

> 我无法从头再活一遍，
> 可是我们却能够从头再活一遍。

也许这就是一个作家独有的对“活”和“生”的“奢侈”见解吧，这是文学和儿子光给予大江先生的悲怆而又强韧的奢侈。这时我还听见了大江先生在他的小说中，借对一位即将分娩的女性的敬慕表达出的对人类未来的新期待：“我以蓄满泪水的双眼为耳，倾听那里正无言讲述着的内容，倾听着用既非英语亦非日语，大概是为‘新地球’而准备的那种宇宙语言朗诵的叶芝的那些诗行……我感觉你将产下比最新之人更新的人，比任何人都更新的人。”在此，我不能不把这些句子看作是对未来无限明丽而又昂扬的祝福，是文学新景象和伦理想象力的新憧憬。

此刻我也正以蓄满泪水的双眼为耳，倾听大江先生的自述。当我在大江先生的书中看见森林和绿树之后，更知晓了倾听的要紧。仅有“看见”是不够的，你必须有能力倾听才有可能抵达一座森林隐秘的深部。

大江先生在自述中言及少年时，在父亲去世的那一天，他被赋予一种特别的身份：那时村里正流行踩高跷，他被优先请去踩高跷。那是一副非常高的高跷，踩在上面能看到家里二楼的窗子。人在高跷上那突然变形的行走，突然视野的开阔，村子里的景观突然的变样，使敏感的少年大江突然获得了一种奇异的高度。此时我仿佛看见少年的大江有些别扭地踩在高跷上，孤独，倔强，紧张，勇敢。他起步并受惠于森林，而最终，他站在了森林之上。

那其实是一个难以企及的高度。大江先生以他创造的文学的和精神的高度，以他无可比拟的厚度和重量荣耀了日本现代文学，使之呈现出崭新的面貌。同时他的形象已经超越了他的民族，成为整个人类文化财富的一部分。而时光的流逝，将使大江健三郎文学的内在价值和他对社会发言的历史意义得到愈加丰满的凸显。

2008年1月28日

人物

冰心姥姥您好

在中国北方，孩子们称自己母亲的母亲为姥姥。此外，当领着孩子的母亲遇见自己所尊敬的老年女性，也常常会很自然地对孩子说：“叫姥姥。”孩子清脆地叫着，姥姥无比怜爱地答应着，于是“姥姥”的含义便不单是血缘关系的一种确认，她还是可以信赖、可以依靠的象征。她每每使人想到原野肥厚、沉实的泥土和冬天的乡村燃烧着柴草的火炕的温暖气息，她充满着一种人间古老的然而永不衰竭的魅力。

第一次听见有人称冰心先生为姥姥，是先生的外孙陈钢。这个英俊、聪慧的青年业余爱好摄影，他曾经为我拍过一些非常好的照片。当他得知我喜欢他的这些作品时，告诉我说：“我把照片拿给我姥姥看了。”我问他姥姥说了些什么，他说：“姥姥亲了我一下。”冰心先生对外孙这种独特的无言的赞赏，真能引起人善意的嫉妒！后来我还得知冰心先生从不随便夸奖她的外孙，但她却是外孙事业的默默的支持者，他们之间那一份亲情无可替代。面对这位几代人共同敬爱的文坛前辈，陈钢甚至觉得，对他本人来说，姥姥是他的姥姥，比姥姥是一位著名作家更为重要。

此后不久，我给冰心先生写了一封信，告诉她我在保定西部山区的一些生活。先生回信先是由衷地称赞了陈钢的作品，她说："陈钢给你照的相，美极了！"然后又嘱咐我说："铁凝，你要好好地珍惜你的青春、你的才华！你有机会和农民接触，太好了！我从小和山东的农民在一起，他们真朴实，真可爱！你能好好写他（她）们吗？我想你会的，我对你抱有无限的希望……"

读着这样的信，你会发现在冰心先生那平和、宁静的外表之下，那从容、温和的目光之中，还有一份对于中国最广大的农民的深深的爱意。这爱意不仅表现在她为灾民慷慨捐款一万元，还渗透在她对青年作家描写最普通的民众之美的热烈希冀里。也许她的年龄和身体不容她再去更多的地方，但她宽厚的心怀却无处不在。

今年春天，我将自己新近出版的几本书给冰心先生寄上，很快又收到她的回信。她说："亲爱的铁凝，大作两本（《女人的白夜》等）已收到，十分感谢！尚未细读，但我居然进入了你的作品中，我感到意外！你何时再到北京来呢？我有许多事情和话要对你说，要回的信太多，只写这几个字，祝你万福，令尊两大人前请安！"

读毕先生的信，我想起在先生给我的几封信中，都曾问过：“你何时再到北京来呢？”

我何时再到北京去呢？

一九九一年五月我在北京，有一天下着小雨，散文家周明陪我去看冰心先生。途中我在一家花店买了一束玫瑰，红的黄的白的，十分娇艳。

冰心先生坐在卧室书桌前等我们，短发整整齐齐，面容很有精神。看见我，她说：“铁凝你好吗？我看你很好。”我把鲜花送上，周明要拍照，冰心先生说：“来让我拿着花。”

然后她请我喝茶、吃糖，吃她的最爱吃的“利口乐”。然后她说：“搬把椅子坐在我身边吧，这样离我近些。”我坐在了她的身边。她清澈的目光落在我身上，我感到无话可说。

我无话可说不是因为拘谨——有人在拘谨时往往更能废话连篇。我无话可说是因为受着一种气氛的感染，是因为身边这位安静的老人正安静地看着我。她一定深明了我的心意，此外的一切客套都将是我的多嘴多舌。她一定也同意我无话可说，因为当我告诉她我不知说些什么时，她说：“那就让我们静静地坐一会儿。”

我很看重与冰心先生静静地坐一会儿，或许这并不比我问长问短得到的要少。在那安安静静的一小会儿里，我从这位几乎与世纪同龄的老人身上所获得的，竟是一种可以触摸的生命激情。或者可以说，没有这一刻安然的纯净，便无以获得照耀生命的激情。

是先生家那位著名的咪咪打破了这种安静，它急不可待地跳上桌子，稳坐在正中间与我打逗，调皮而又温驯，冰心先生说："它喜欢你。"

咪咪的憨态又引出了我们一些轻松的话题，关于活跃在文坛的青年作家，关于先生几次谢绝杂志请先生写写自己的提议——她不愿意过多地写自己。还谈到她喜欢和不喜欢的人，说起这些，她的态度坦率而又鲜明。

是告辞的时候了，我对冰心先生说："我不想打扰您，又想看见您，有机会我会再来看您。"我握住冰心先生柔软、微凉的双手，她对我说："只要我活着，你就来看我吧。"

春节时又收到了冰心先生的近照：她身穿黑白条纹的罩衣坐在紫红色的沙发上，怀中抱着干干净净的白色的咪咪。她的双手微微奓开搭在咪咪身上，似是保护，又似是抚慰。由于镜头的缘故，手显得有些大，仿佛是摄影者有意突出先生这双姿态虔诚以致显得稚拙的手。她坐在我的面前，目光是如此的清明，面容是如此的和善，那双纯粹老年人的手是如此质朴地微微奓着，令我不能不想起最具民间情意和通俗色彩的一个称谓——姥姥。

能够令人敬佩的作家是幸运的，能够令人敬佩而又令人可以亲近的作家则足以拥有双倍的自豪。冰心先生不仅以她的智慧、才情，她对人类的爱心和她不曾迟钝、不曾倦怠的笔，赢得了一代又一代读者，她身上散发出的那种无以言说的母性的光辉和人格力量，更给许多年轻人以他人无法替代的感染。在九十年代人与人之间的称谓愈发地讲究、愈发地花哨的时候，我特别想把冰心先生称作冰心姥姥。

十月五日是冰心先生九十二岁生日，秋天的好时光，到处有成熟的发香的果实。什么时候我再到北京去呢？也许我不能在您的生日那天去看您，也许看见您我仍然不会说太多的话，但只要我再次见到您，肯定会说一声："冰心姥姥您好！"

温暖孤独旅程

有一个冬天，在京西宾馆开会，好像是吃过饭出了餐厅，一位个子不高、身着灰色棉衣的老人向我们走来。旁边有人告诉我，这便是汪曾祺先生。

当时我没有迎上去打招呼的想法。越是自己敬佩的作家，似乎就越不愿意突兀地认识。但这位灰衣老人却招呼了我。他走到我的跟前，笑着，慢悠悠地说："铁凝，你的脑门上怎么一点儿头发也不留呀？"他打量着我的脑门，仿佛我是他久已认识的一个孩子。这样的问话令我感到刚才我那顾忌的多余。我还发现汪曾祺的目光温和而又剔透，正如同他对于人类和生活的一些看法。

不久以后，我有机会去了一趟位于坝上草原的河北沽源县。去那里本是参加当地的一个文学活动，但是鼓动着我对沽源发生兴趣的却是汪曾祺的一段经历。他曾经被下放到这个县劳动过，在一个马铃薯研究站。他在这个研究马铃薯的机构，除却日复一日的劳动，还施展着另一种不为人知的天才：描绘各式各样的马铃薯图谱——画土豆。汪曾祺从未在什么文字里对那儿的生活有过大声疾呼的控诉，他只是自嘲地描写过，他如何从对于圆头圆脑的马铃薯无从下笔，竟然到达一种“想画不像都不行”的熟练程度。他描绘着它们，又吃着它们，他还在文中自豪地告诉我们，全中国像他那样，吃过这么多品种的马铃薯的人，怕是不多见呢。我去沽源是个夏天，走在虽然凉快，但略显光秃的县城街道上，我想象着当冬日来临，塞外蛮横的风雪是如何肆虐这里的居民，而汪曾祺又是怎样挨过他的时光。我甚至向当地文学青年打听了有没有一个叫马铃薯研究站的地方，他们茫然地摇着头。马铃薯和文学有着多么遥远的距离呀。我却仍然体味着：一个连马铃薯都不忍心敷衍的作家，对生活该有怎样的耐心和爱。

一九八九年春天，我的小说《玫瑰门》讨论会在京召开，汪曾祺是被邀请的老作家之一。会上谌容告诉我，上午八点半开会，汪曾祺六点钟就起床收拾整齐，等待作协的车来接了。在这个会上他对《玫瑰门》谈了许多真实而细致的意见，没有应付，也不是无端地说好。在这里，我不能用感激两个字来回报这些意见，我只是不断地想起一位著名艺术家的一本回忆录。这位艺术家在回忆录里写到当老之将至时，他害怕变成两种老人，一种是俨然以师长面目出现，动不动就以教训青年为乐事的老人；另一种是唯恐被旁人称“老”，便没有名堂地奉迎青年，以证实自己青春常在的老人。汪曾祺不是上述两种老人，也不是其他什么人，他就是他自己，一个从容地“东张西望”着，走在自己的路上的可爱的老头。这个老头，安然迎送着每一段或寂寥、或热闹的时光，用自己诚实而温暖的文字，用那些平凡而充满灵性的故事，抚慰着常常是焦躁不安的世界。

我常想，汪曾祺在沽源创造出的“热闹”日子，是为了排遣孤独，还是一种难以排解的孤独感使他觉得世界更需要人去抚慰呢？前不久读到他为一个年轻人的小说集所作的序，序中他借着评价那年轻人的小说道出了一句“人是孤儿”。

我相信他是多么不乐意人是孤儿啊。他在另一篇散文中记述了他在沽源的另一件事：有一天他采到一朵大蘑菇，他把它带回宿舍，精心晾干（可能他还有一种独到的晾制方法）收藏起来。待到年节回京与家人作短暂的团聚时，他将这朵蘑菇背回了北京，并亲手为家人烹制了一份鲜美无比的汤，那汤给全家带来了意外的欢乐。

于是我又常想，一个囊中背着一朵蘑菇的老人，收藏起一切的孤独，从塞外寒冷的黄风中快乐地朝着自己的家走着，难道仅仅为了叫家人盛赞他的蘑菇汤？

这使我不断地相信，这世界上一些孤独而优秀的灵魂之所以孤独，是因为他们将温馨与欢乐不求回报地赠予了世人吧？用文学，或者用蘑菇。

1996 年

怀念孙犁先生

20世纪60年代后期，因为时局的不稳定，也因为父母离家随单位去做集体性的劳动改造，我作为一个无学可上的少年，寄居在北京亲戚家。革命正在兴起，存有旧书、旧画报的人家为了安全，尽可能将这些东西烧毁或者卖掉。我的亲戚也狠卖了一些旧书，只在某些照顾不到的地方遗漏下零星的几册，比如床缝之间，或角落里的一张桌子腿儿底下……我的身高和灵活程度很适合同这些地方打交道，不久我便发现了丢落在这些旮旯里的旧书，计有《克雷洛夫寓言》《静静的顿河》电影连环画等等，还有一本书脊破烂、作者不详、没头没尾的厚书，在当时的我看来应属于长篇小说吧。我胡乱翻起这本“破书”，不想却被其中的一段叙述所吸引。也没有什么特别，那只是对一个农村姑娘出场的描写。那姑娘名叫双眉，作者写她“哧哧的笑声”，写她抱着一个小孩用青秫秸打枣，细长身子，乌黑明亮的头发披在肩上，红线白线紫线合织的方格子上衣，下身是一条短裤，光脚穿着薄薄的新做的红鞋。她仰头望着树尖，脸在太阳里是那么白，眼睛是那么流动……细看，她脸上擦着粉，两道眉毛那么弯弯的，左边的一道却只有一半，在眼睛上面，秃秃的断了……以我当时的年龄，还看不懂这小说的时代背景是土改时期，不知道这双眉因为相貌出众，因为爱说爱笑，常遭村人的议论。吸引我的是被描绘成这样的一个姑娘本身。特别是她的流动的眼和突然断掉一半的弯眉，留给我既暧昧又神秘的印象，使我本能地感觉这类描写与我周围发生的那场革命是不一致的，正因为不一致，对我更有一种“鬼祟”的美的诱惑。那年我大约十一岁。多年以后我才知道这本“破书”的作者是孙犁先生，双眉是他的中篇小说《村歌》里的女主人公。

我产生要当作家的妄想是在初中阶段。我的家庭鼓励了我这妄想。父亲为我开列了一个很长的书目，并四处奔走想办法从已经关闭的市级图书馆借出那些禁读的书。在父亲喜欢的作家中，就有孙犁先生。为了验证我成为作家的可能性，父亲还领我拜会了他的朋友、《小兵张嘎》的作者徐光耀老师。记得有一次徐光耀老师对我说，在中国作家里你应该读一读孙犁。我立即大言不惭地答曰：孙犁的书我都读过。徐光耀老师又问：你读过《铁木前传》吗？我说，我差不多可以背诵。那年我十六岁。现在想来，以那样的年龄说出这样一番话，实在有点不知深浅。但能够说明的，是孙犁先生的作品在我心中的位置。

时至今日，我想说，徐光耀是我文学的启蒙老师，他在那个鄙弃文化的时代里对我的写作可能性的果断肯定和直接指导，使我敢于把写小说设计成自己的重要生活理想；而引我去探究文学的本质、去领悟小说审美层面的魅力，去琢磨语言在千锤百炼之后所呈现的润泽、力量和奇异神采的，是孙犁和他的小说。

那时还没有“追星族”这种说法，况且把孙犁先生形容成“星”也十分滑稽。我只像许多文学青年一样，迷恋他的文字带给我们的所有愉悦，却没有去认识这位大作家的奢望，但是一个机会来了。一九七九年，我从插队的乡村回到城市，在一家杂志社做小说编辑，业余也写小说。秋天，百花文艺出版社准备为我出版第一本小说集，我被李克明、顾传菁两位编辑热情请去天津面谈出版的事。行前作家韩映山嘱我带封信给孙犁先生。这就是我的机会，而我却面露难色。可以说，这是我没有见过世面的本能反应；也因为，我听人讲起过，孙犁的房间高大幽暗，人很严厉，少言寡语。连他养的鸟在笼子里都不敢乱叫。向我介绍孙犁的同志很注意细节的渲染，而细节是最能给人以印象的。我无法忘记这点：连孙犁的鸟都怕孙犁。韩映山看出了我的为难，指着他家镜框里孙犁的照片说：“孙犁同志……你一见面就知道了。”

我带了信，在一九七九年秋日的一个下午，由李克明同志陪同，终于走进了孙犁先生的“高墙大院”。这是一座早已失却规矩和章法的大院，孙犁先生曾在文章里多次提及，并详细描述过它的衰败经过。如今各种凹凸不平的土堆、土坑在院里自由地起伏着，稍显平整的一块地，一户人家还种了一小片黄豆。那天黄豆刚刚收过，一位老人正蹲在拔了豆秸的地里聚精会神地捡豆子。我看到他的侧面，已猜出那是谁。看见来人，他站起来，把手里的黄豆亮给我们，微笑着说："别人收了豆子，剩下几粒不要了。我捡起来，可以给花施肥。丢了怪可惜的。"

他身材很高，面容温厚，语调洪亮，夹杂着淡淡的乡音。说话时眼睛很少朝你直视，你却时时能感觉到他的关注或说观察。他穿一身普通的灰色衣裤，当他腾出手来和我握手时，我发现他戴着一副青色棉布套袖。接着他引我们进屋，高声询问我的写作、工作情况。我很快就如释重负。我相信戴套袖的作家是不会不苟言笑的，戴着套袖的作家给了我一种亲近感。这是我与孙犁先生的第一次见面。

其后不久，我写了一篇名叫《灶火的故事》的短篇小说，篇幅却不短，大约一万五千字，自己挺看重，拿给省内几位老师看，不料有看过的长者好心劝我不要这样写了，说"路子"有问题。我心中偷偷地不服，又斗胆将它寄给孙犁先生，想不到他立即在《天津日报》的《文艺》增刊上发了出来，《小说月报》也很快作了转载。当时我只是一个刚发表几篇小说的业余作者，孙犁先生和《天津日报》的慷慨使我对自己的写作

“路子”更加有了信心。虽然这篇小说在技术上有着诸多不成熟，但我一向把它看做自己对文学的深意有了一点真正理解的重要开端，也使我对孙犁先生永远心存感激。

我再次见到孙犁先生是次年初冬。那天很冷，刮着大风。他刚裁出一沓沓粉连纸，和保姆准备糊窗缝。见我进屋，孙犁先生迎过来第一句话就说：“铁凝，你看我是不是很见老？我这两年老得特别快。”当时我说：“您是见老。”也许是门外的风、房间的清冷和那沓糊窗缝用的粉连纸加强了我这种印象，但我说完很后悔，我不该迎合老人去证实他的衰老感。接着我便发现，孙犁先生两只袄袖上，仍旧套着一副干净的青色套袖，看上去人就洋溢着一种干练的活力，一种不愿停下手、时刻准备工作的情绪。这样的状态，是不能被称作衰老的。

我第三次见到孙犁先生，是和几位同行一道。那天他没捡豆粒，也没糊窗缝，他坐在写字台前，桌面摊开着纸和笔，大约是在写作。看见我们，他立刻停下工作，招呼客人就座。我特别注意了一下他的袖子，又看见了那副套袖。记得那天他很高兴，随便地和大家聊着天，并没有摘去套袖的意思。这时我才意识到，戴套袖并不是孙犁先生的临时“武装”。一副棉布套袖到底联系着什么，我从来就说不清楚。联系着质朴、节俭？联系着勤劳、创造和开拓？好像都不完全。

我没有问过孙犁先生为什么总戴着套袖，若问，可能他会用最简单的话告诉我是为了爱护衣服。但我以为，孙犁先生珍爱的不仅仅是衣服。为什么一位山里老人的靛蓝衣裤，能引他写出《山地回忆》那样的名篇？尽管《山地回忆》里的一切和套袖并无瓜葛，但它联系着织布、买布。作家没有忘记，战争年代山里一个单纯、善良的女孩子为他缝过一双结实的布袜子。而作家更珍爱的，是那女孩子为缝制袜子所付出的真诚劳动和在这劳动中倾注的难以估价的感情，倾注的一个民族坚忍不拔、乐观向上的天性。滋养作家心灵的，始终是这种感情和天性。所以，当多年之后，有一次我把友人赠我的几函宣纸精印的华笺寄给孙犁先生时，会收到他这样的回信，他说："同时收到你的来信和惠赠的华笺，我十分喜欢。"但又说："我一向珍惜纸张，平日写稿写信，用纸亦极不讲究。每遇好纸，笔墨就要拘束，深恐把纸糟蹋了……"如果我不曾见过习惯戴套袖的孙犁先生，或许我会猜测这是一个名作家的"矫情"，但是我见过了戴着套袖的孙犁，见过了他写给我的所有信件，那信纸不是《天津日报》那种微黄且脆硬的稿纸就是邮局出售的明信片，信封则永远是印有红色"天津日报"字样的那种。我相信他对纸张有着和对棉布、对衣服同样的珍惜之情。他更加珍重的是劳动的尊严与德行，是人生的质朴和美丽。

我第四次与孙犁先生见面是二〇〇一年十月十六日。这时他已久病在床，住医院多年。我知道病弱的孙犁先生肯定不希望被频频打扰，但是去医院看望他的想法又是那么固执。感谢《天津日报》文艺部的宋曙光同志和孙犁的女儿孙晓玲女士，他们满足了我的要求，细心安排，并一同陪我去了医院。病床上的孙犁先生已是半昏迷状态，他的身材不再高大，他那双目光温厚、很少朝你直视的眼睛也几近失明。但是当我握住他微凉的瘦弱的手，孙晓玲告诉他“铁凝看您来了”，孙犁先生竟很快做出了反应。他紧握住我的手高声说：“你好吧？我们很久没有见面了！”他那洪亮的声音与他的病体形成的巨大反差，让在场的人十分惊异。我想眼前这位老人是要倾尽心力才能发出这么洪亮的声音的，这真挚的问候让我这个晚辈又难过，又觉得担待不起。在四五分钟的时间里，我也大声说了一些问候的话，孙犁先生的嘴唇一直蠕动着，却没有人能知道他在说什么。在他身上，盖有一床蓝底儿、小红花的薄棉被，这不是医院的寝具，一定是家人为他缝制的吧，真的棉布里絮着真的棉花，仿佛孙犁先生仍然亲近着人间的烟火，也使呆板的病房变得温暖。

这是我最后一次见到孙犁先生。

“我们很久没有见面了！”直至二〇〇二年七月十一日孙犁先生逝世，我经常想起孙犁先生在病床上高声对我说的话。

我想，我已经很久没读孙犁先生的小说了，当今中国文坛很久以来也少有人神闲气定地读孙犁了。春天的时候，我因为写作关于《铁木前传》插图的文章，重读了《铁木前传》。我依然深深地受着感动。原来这部诗样的小说，它所抵达的人性深度是那么刻骨；它的既节制、又酣畅的叙述所成就的气质温婉而又凛然；它那清馨而又讲究的语言，以其所呈现的素朴大美使人不愿错过每一个字。当我们回顾《铁木前传》的写作年代，不能不说它的诞生是那个时代的文学奇迹；而今天它再次带给我们的陌生的惊异和真正现实主义的浑厚魅力，更加凸现出孙犁先生这样一个中国文坛的独特存在。《铁木前传》的出版距今四十五年了，在四十五年之后，我认为当代中国文坛是少有中篇小说能够与之匹敌的。孙犁先生对当代文学语言的不凡贡献，他那高尚、清明的文学品貌对几辈作家的直接影响，从未经过“炒作”，却定会长久不衰地渗透在我的文学生活中。

以我仅仅同孙犁先生见过四面的微薄感受，要理解这位大家是困难的。他一直淡泊名利，自寻寂寞，深居简出，粗茶淡饭，或者还给人以孤傲的印象。但在我的感觉里，或许他的孤傲与谦逊是并存的，如同他文章的清新秀丽与突然的冷峻睿智并存。倘若我们读过他为《孙犁文集》所写的前言，便会真切地知道他对自己有着多少不满。因此我更愿意揣测，在他“孤傲”的背后始终埋藏着一个大家真正的谦逊。没有这份谦逊，他又怎能甘用一生的时间来苛刻地磨砺他所有的篇章呢。一九八一年孙犁先生赠我手书“秦少游论文”一帧：

“采道德之理述性命之情发天人之奥明死生之变此论理之文如列御寇庄周之作是也别黑白阴阳要其归宿决其嫌疑此论事之文如苏秦之所作是也考同异次旧闻不虚美不隐恶人以为实录

此叙事之文如司马迁班固之所作是也。”

我想，这是孙犁先生欣赏的古人古文，是他坚守的为文为人的准则，他亦坦言他受着这些遗产的涵养。前不久我曾经有集中的时间阅读了一些画家和他们的作品，我看到在艺术发展史上从来就没有自天而降的才子或才女。当我们认真凝视那些好画家的历史，就会发现无一人逃脱过前人的影响。好画家的出众不在于轻蔑前人，而在于响亮继承之后适时的果断放弃。这是辛酸的，但是有欢乐；这是“绝情”的，却孕育着新生。文章之道难道不也如此么。孙犁先生对前人的借鉴沉着而又长久，他却在同时“孤傲”地发掘出独属于自己的文学表达。他于平淡之中迸发的人生激情，他于精微之中昭示的文章骨气，尽在其中了。大师就是这样诞生的吧。在前人留给人类宝贵的文化遗产和丰富的文学遗产面前，我再次感到自己的单薄渺小，也再一次对某些文化艺术界的“狂人”那种前无古人、后无来者的莫名其妙的自大生出确凿的怀疑。

在我为之工作的河北省作家协会，有一座河北文学馆，馆内一张孙犁先生青年时代的照片使很多人过目不忘。那是一张他在抗日战争时期与战友们的合影，一群人散坐在冀中的山地上，孙犁是靠边且偏后的位置。他头戴一顶山民的毡帽，目光敏感而又温和，他热情却是腼腆地微笑着。对于今天的我们，对于只同他见过四面的我，这是一个遥远的孙犁先生。然而不知为什么，我越来越相信病床上那位盖着碎花棉被的枯瘦老人确已离我们远去，近切真实、就在眼前的，是这位头戴毡帽、有着腼腆神情的青年和他的那些永远也不会颓败的篇章。

共享好时光

我记事以来的第一个女朋友，是保姆奶奶的一位邻居，我叫她大荣姨。

那时候我三岁，生活在北京。大荣姨是个中学生，有一张圆脸，两只细长眼睛，鼻梁两侧生些雀斑。我不讨厌她，她也特别喜欢我，经常在中午来到保姆奶奶家，自愿哄我睡午觉，同时还给我讲些啰唆而又漫长的故事，也不顾我是否听得懂。那些故事全被我遗忘了，至今只记得有个故事中的一句话："他走到了一个十字路口……"什么叫狮子路口呀？三岁的我竭力猜测着：一定是那个路口有狮子。狮子我是见过的，父母抱我去过动物园的狮虎山。但我从未向大荣姨证实过我的猜测，因为每当她讲到"十字路口"时，我就快睡着了。梦中也没有狮子，倒常常出现大荣姨那张快乐的圆脸。

我弄懂"十字路口"这个词的含义是念小学以后的事。在上学、放学的路上，每当我和同学们走到十字路口，便会想起大荣姨故事中的那句话。真是的，三岁时我连十字路口都不明白。我站在十字路口，心中笑话自己。这时我已随父母离开了北京，离开了我的保姆奶奶和大荣姨。但我仍然愿意在假期里去北京看望她们。

小学二年级的暑假里，我去北京看望了保姆奶奶和大荣姨。奶奶添了不少白头发，大荣姨是个地道的大人了，在副食店里卖酱油——这使我略微有点儿失望。我总以为，一个会讲“十字路口”的人不一定非卖酱油不可。但是大荣姨却像从前一样快乐，我和奶奶去她家时，见她正坐在一只马扎上编网兜，用红色透明的玻璃丝。她问我喜欢不喜欢这种网兜，并告诉我，这是专门装语录本用的。北京的女孩子，很多人都在为语录本编织小网兜，然后斜背在身上，或游行，或开会，很帅，正时兴呢。

那时的中国，已经到了人手一册《毛主席语录》的时期，我也拥有巴掌大的一本，觉得若是配以红玻璃丝网兜背在肩上，一定非比寻常。现在想来，我那时的心态，正如同今日女孩子们渴盼一条新奇的裙子或一双时髦的运动鞋那般焦灼了。我请大荣姨立刻给我编一个小网兜，大荣姨却说编完手下这个才能给我编，因为手下这个也是旁人求她的，那求她的人就在她的家里坐等。

我环顾四周，这才发现在不远处的一把椅子上，坐着一位和我年纪相仿的女孩子。大荣姨手中的这件半成品，便是她的了。

这使我有点别扭。不知为什么，此刻我很想在这个女孩子面前显示我和大荣姨之间的亲密，用现在的话讲，就是显示我们的“够哥儿们”。我说：“先给我编吧。”“那可不行。”大荣姨头也不抬。

“为什么不行？”

“因为别人先求了我呀。”

“那你还是我的大荣姨呢。”

“所以不能先给你编。”

“就得先给我编。”我口气强硬起来，心里却忽然有些沉不住气。

大荣姨也有点冒火的样子，又说了一个“不行”，就不再理我的茬儿了。

看来她是真的不打算先给我编，但这已不是最重要的。重要的是这使我在那陌生女孩子跟前出了丑，这还算朋友吗？我嘟嘟囔囔地出了大荣姨的家，很有些悲愤欲绝，并一再想着，其实那小网兜用来装语录本，也不一定好看。

第二天早晨，当我一觉醒来，发现枕边有一只崭新的玻璃丝网兜，那网兜的大小，恰好可装一本64开的《毛主席语录》。保姆奶奶告诉我，这是大荣姨连夜给我编的，早晨送过来就上班去了。我噘着嘴不说话，奶奶说我不懂事，说凡事要讲个先来后到，自家人不该和外人“矫情”。

那么，我是大荣姨的“自家人”了，我们是朋友。因为是朋友，她才会断然拒绝我那“走后门”式的请求。

我把那只小网兜保存了很多年，直到它老化得又硬又脆时。虽然因为地理位置，因为局势和其他，我再也未曾和大荣姨见过面，但我们共度的美好时光却使我难以忘怀。什么时候能够再次听到朋友对你说“那可不行”呢？敢于直面你的请求并且说“不行”的朋友，往往更加值得我们珍惜。

打那以后，直至我长大成人，便总是有意躲避那些内容空洞的“亲热”和形态夸张的“友好”。每每觉得，很多人在这亲密的外壳中疲惫不堪地劳累着，你敢于为了说一个真实的“不”而去破坏这状态吗？在人们小心翼翼的疲惫中，远离我们而去的，恰是友谊的真谛。

我想起那年夏季在挪威，随我的丹麦朋友易德波一道去看她丈夫的妹妹。这位妹妹家住在易卜生的故乡斯凯恩附近，经营着一个小农场。正是夕阳普照的时刻，当我们的车子停在农场主的红房子跟前时，易德波的小姑首先迎了出来。那是一位有着深栗色头发的年轻妇女，身穿宽松的素色衣裙。这时易德波也从车上缓缓下来，向她的小姑走去。我以为她们会快步跑到一起拥抱，寒暄地热闹一阵，因为她们不常见面，况且易德波又带来了我这样一个外国人。但是姑嫂二人都没有奔跑，她们只是彼此微笑着走近，在相距两米左右站住了。然后她们都抱起胳膊肘，面对面地望着，宁静、从容地交谈起来，似乎是上午才碰过面的两个熟人。橙红色的太阳笼罩着绿的草地、红的房子和农场的白色围栏，笼罩着两个北欧女人沉实、健壮的身躯，世界显得异常温馨和美。

那是一个令我感动的时刻，使我相信这对姑嫂是一对朋友。拉开距离从容交谈，不是比紧抱在一起夸张地呼喊更真实吗？拉开了距离彼此才会看清对方的脸，彼此才会静心享受世界的美好。

一位诗人告诉我，当你去别人家做客时，给你摆出糖果的若是朋友，为你端上一杯白开水的便是至交了。只有白开水的清淡和平凡，才能使友人之间无所旁顾地共享好时光。

每当我结识一个新朋友，总是不由自主地想起卖酱油的大荣姨和那一对北欧的姑嫂，只觉得能够享受到友人直率的拒绝和真切的清淡，实在是人生一种美妙的时光。

小城警察

伊利诺伊州的福雷堡是一座安静、朴素的小城，规模类似中国的县级市。这儿的居民以善待远方来客而著称。比方说这儿的国际访问者组织联络人南希女士，她同我初次见面就把我抱得那样紧，好像我是她失散已久的一个孩子，弄得我半天喘不过气来。紧接着她就把家里的事一股脑儿全都告诉我：她和她丈夫有一个农场，种玉米养猪；她有四个儿子，大儿子养了四百只鸡，儿媳妇比儿子的个子还高一点儿……而接待国际访问者完全是她的自愿。她在福雷堡还开着一家服装店，因为她的国际访问者组织联络人的身份使她常去各地开会，所以她也可以利用这个机会考察服装潮流，这对她的服装生意无疑大有好处。后来我的房东黑尔斯太太告诉我，南希本人的服装也称得上领导福雷堡的新潮流，你只要看看她的衣服，就知道巴黎正在时兴什么。

这位时髦、开朗而又热烈无比的南希，看上去她认识这城里所有的人，当我们在路上行走时，她差不多同所有街上的人打招呼。这给了我一种感觉，我觉得假如你身无分文，却正巧在一座陌生的城市遇到了南希这样的人，那么，你既会有饭吃，也不用发愁没地方住。

通过南希的介绍，我认识了福雷堡市警察局的男警官昆西·卡特和女巡逻警劳拉，他们俩也和南希熟得要命。昆西·卡特是一个高大、英俊的黑人，很像拳击运动员——他本人告诉我，他喜欢拳击，学的是李小龙的拳。但我结识卡特却并不是要欣赏他的拳术，也不是要了解在美国什么样的人才能当警察。我知道年满二十一岁、有高中毕业文凭的美国公民均可申请当警察，当然，要通过各种严格的考试也是很难的。我知道卡特除了警察的专业，还是“抵制滥用毒品教育运动”的一员，我很想知道他在这项运动中所扮演的角色，以及他们如何开展抵制毒品的教育。

卡特一边领我参观警察局，一边回答我的提问。他说“抵制滥用毒品”的主要教育对象是小学六年级的学生，这个年龄是少年向青年转型的敏感期，可塑性很强。卡特参与此项运动，具体的工作是定期去当地小学给六年级学生上反毒品课。通常每个学生每学期要参加十七周此项教育，平均每天受教育一个小时。卡特经常在这样的课上给学生出题目，诸如“远离毒品做个好公民”“你如何培养健全的人格”等，让学生写出感想，然后定期从这些感想中选出优秀者，在学期结束时表彰他们以增强学生的自豪感。

在卡特的办公室，他打开一只皮箱给我看，里边陈列着各种毒品样品，有针剂、粉剂和片剂。卡特说有时他们也采用实物教学法，让学生通过看和闻，认识毒品，在各种聚会中提高警惕。卡特为了争得“反毒品教育”的授课资格，还接受了三个月的培训并获得证书，他很为自己能以这种方式关怀孩子感到自豪。

卡特的同事劳拉是个身材灵活的金发女性，她向我述说了第一次穿警服的不自在，衣服不合身，走在街上缺乏自信。以后慢慢好起来，恰恰是她接到一个匿名电话之后，打电话的人声称要杀她和她的孩子。正是匿名电话增强了她的自信心和自豪感，她知道实际上坏人惧怕她。现在她和男人一样夜间也有巡逻任务，轮到她值夜班时她从不躲避。说话之间劳拉身上的BP机响个不停，她不得不抱歉地与我告别，匆匆执行任务去了。

劳拉的匆忙使我想到卡特其实也是很忙的，我于是打算告辞，但卡特让我再等一等，他开始翻抽屉、翻柜橱。他不断地翻出些小纪念品给我：一顶遮阳帽，一把尺子，一本小挂历，一张小贺卡甚至一块橡皮……每件东西上都印有“抵制毒品”的字样。我开玩笑说：“卡特先生，你好像要把这间办公室都送给我似的。”他说：“因为你使我感到亲切，你使我想起一个日本女孩子。”这时他打开一个带锁的抽屉拿出一封信，告诉我这是一九八二年一个日本女大学生用英文写给他的信，他在那一年去日本旅游认识了她，她向他学习英文，他们相处得非常好。后来他回了美国，她给他写来了这封感谢的信，十三年来他一直保留着这封信。他说，或许那女孩子当时是希望他向她求婚的，可他没有勇气，觉得自己配不上她。说这话时卡特眼里充满深情。现在卡特已有妻子和两个儿子，妻儿的照片就挂在他办公室的墙上。他得意地把他们指给我看，看上去这是个幸福家庭。我想到人类的部分生活景况大致与卡特相似吧：墙上陈列着美满的家，抽屉里锁着永远的思念。我感谢卡特把他的小秘密告诉我，也感叹这样一个魁梧的警官有这样一份细腻的内心。卡特说："你能不能把我的名字用中文写给我？我会珍藏的。"我在一张白纸上用中文写了"昆西·卡特"。他很惊奇地端详这四个字，然后认真叠起来放进制服口袋。当我离开警察局时，卡特邀我去市邮局看看，他妻子就在那儿工作。我坐着卡特的警车来到邮局，见到了他的俏丽的妻子。我在邮局门前与卡特分手时，他说："我会对我妻子忠诚的。平时我总在笑，但我受到过贩毒集团的威胁，威胁我倒没什么，要是有歹徒想对我的家庭下手，我这张笑脸可就没了。你信不信？"

我当然相信卡特的话，一方面又觉得像这样一个看上去安静、平和的小城，小城里还有南希那样热心肠的善人，可犯罪仍在时时发生，而且犯罪率逐年升高，罪犯年龄却逐年下降。这也便是卡特们和劳拉们在对职业充满自信的同时，又不断显得忧心忡忡的缘故吧。

读父亲铁扬的画

我父亲是油画、水粉画家。我从很小就看父亲作画。

20世纪的中国，拥有自己画室的画家是不多的，在从前的许多年里，父亲的画架常常随意支在家中的某个角落。我在油画颜料清苦的气味中看父亲怎样把空白的画布铺满颜色。当父亲擦笔的废纸撒满地板如一地怪异的花时，我就知道他又完成了一张新作。在文化萧条的年代，父亲的油画大都背朝外靠在墙角，而水粉、水彩则被平铺在褥子底下。至今我还记得，当有人前来看画时，母亲是怎样协助父亲掀开厚厚的褥子，再由父亲小心翼翼地抽出他的一沓沓小画和大画。那时父亲的一双大手托着他的作品，脸上满是宁静的疼爱之情。或许正是父亲的这种表情最初启迪了我的心智，当我对绘画一无所知时，就忽然明白了艺术的魅力。

我想，假若一个人找到了他面对世界的表达方式，便不会轻易舍弃，因为这种表达本身即是他生命形式的一部分。父亲无疑将绘画视为他生命的一部分，他的每一画面，又好比他的生命派生出的许多永恒的瞬间。

父亲的画，就因此弥漫着一种可以触摸的激情。即使面对着他的静物，我也会生出快乐的不安。于是我想，什么是静物呢？照字面的解释，静物就是安静的东西。但是山川树木也不安静着么？它们进入画家的视野，可被称作风景，静物实际也是风景的一种啊！在画家的笔下，一只花瓶的呼吸与一条河流的沉默原本无须界定，它们都是有形的生命。还有人，人在父亲笔下也不是静穆着的自然么？作为观众的我，才会在雨后的村边读出许多北方的故事；才会在被薄雾打湿的无数花瓣上感应到世界的庄重和俏皮；才会在娇艳欲滴的红土堆上发现令人惊惧的美丽；才会在蓬勃茁壮的人体上领受到自然的恩赐；才会在黑的山白的树身上悟出喜悦人生的明媚。

记得有一年5月，当父亲在中国美术馆举办他的个人画展时，像过去的每次画展一样，许多新画被堂皇地排列起来，但父亲依旧不忘他的老画。他把它们一张张托出来，老画好像还带着棉花的气味和人的体温，父亲已有了白发。有些老画虽小，可它们并不羞涩，因为父亲几十年的劳作人生和他的梦想，仿佛都被挤压在那些画面之上了，它们永远有资格和父亲的新画一同面对观众。面对从前这些被棉花和人体焐过的画，我很想放声大哭。父亲这一代人，经历了战乱、饥荒和文化浩劫，经历了那么多悲凉和孤寂的时光，是什么使他挽留住了直面人生的一片童贞？在父亲的画里，最少有的便是世故。他固守着自己的灵魂所感知的世界，他又用颜色和笔触为观众创造出充满动感的新奇，使我每每温习生命的韧性和光彩。假如人生犹如一幅幅风景，父亲的风景线上则处处是烂漫的真情。

并不是每一位人过中年的艺术家都能挽留住这一份烂漫的童贞，这童贞的冶炼，是始于艺术家在他的作品被压在褥子底下几十年之后，对日子依然的不倦。

我是父亲的孩子，从此更加渴望理解父亲的风景。当我到了父亲的年龄，在我的风景线上能够挽留住什么呢?

让我将父亲的朋友、中央美术学院教授潘世勋先生在父亲画册的序言中的一段话抄录如下作为本文的结束：

“日前，铁扬又有近百幅油画、水粉画新作奉出，题材更加‘凡俗’单纯，画面却尤为高贵丰润。北方的河，北方的山，北方的馒头和北方的女人，铁扬在其中以非他莫属的特殊能力和才情，创造、传达出了养育他心灵的这一文化环境中的那种特殊的壮丽。他在对题材严谨和苛刻的限制中获得了前所未有的心和笔的自由；他在反复描写上述几种单纯的媒体时，用娴熟的西画技法和中国画技法以一当十的得寸进尺力表现出充满暖意的东方精神。他的描写语言愈来愈瞬间万变，为所欲为，在他的画面上却看不到来自任何一方形式的快速移植。你无法将他归入任何一个流派，就好像你无法为他那个永远活跃着的灵魂归类。在人类艺术的浩瀚海洋里，这或许正是他的独立价值所在。他笔下那些对象，深邃而又纯真地寄托着他对人类的、对永恒的自然的宽厚和体贴，在本世纪即将结束的时刻，铁扬无疑是一个有力量影响一个时代的情绪的艺术家之一，他并且以自己诚实的劳动，有效地抚慰着世纪末的喧嚣浮躁和被无限夸张了的疑惑与冷漠。他使我们渴望感恩自然，回到生活。”

心里住着一位老师*

年轻的读者，当我遵照出版社嘱咐，为自己这两卷散文集写“序”的时候，坦率地说，我并不打算向你们讲解其中的意义，或者分析某篇文章的内涵，更无督促你们将它读完的野心。

我知道，若将书籍粗分为两类：有实用价值和无实用价值，我这两本小书显然属于后一种。既然没有实用价值，便断无理由逼人阅读。我只等待，等待你们有闲的时候，没有学业压力和考试焦虑的时候，顺手拿起来翻翻。因为我本人，常在“顺手”拿起一本书，随意闲阅时，收获一点心得。

曾经收到国家大剧院馈赠新书，其中有介绍国内外优秀艺术家的系列文章。一位非常出色的青年表演艺术家，“70”后中国京剧女老生王佩瑜的经历给我很深的触动。王佩瑜尊敬她的恩师，因为是恩师发现了她并将她领上成功之路。但

---

* 本文是铁凝为散文集《你在大雾里得意忘形》所作的序言。

成功之后的王佩瑜变得浮躁起来，一度还曾离开她为之服务的剧院。在经历了挫折后年轻的艺术家又返回剧院，开始真正静下来，以纯粹的艺术之心琢磨技艺。她的恩师此时已生重病，临终前嘱咐她两句话："第一，你一定要在有限的时间里多做自己愿意做的事情；第二，你的心里一定要住着一位老师。"就是这第二句话非常打动我，我想，我们每个人心里都应该住着一位老师。这老师可能是你现在的老师，也可能是你从前的师长，或者你的某位亲人，你的同学、朋友，甚至学问、知识表面看上去都不如你的人——我经常从他们身上获得人生的智慧。或者，这心中的老师仅仅就是书中的一句话。这让我们清醒，让我们知道，不管我们的日历年龄怎样快速叠加，因为心里住着老师，虚妄和骄蛮便住不进来，我们会坚信，相对于永恒的时间，我们实在还只是人生的学徒。

这就是不经意间的阅读，无功利心的阅读带给我的意外喜悦。这看似无用的阅读，看似离你那么遥远的京剧女老生，那些文字内在的文化含量并没有因为表面的"无用"而打折扣。无用的作用其实已经发生，这阅读不曾教会你某种生存技能，在悠远的岁月里，它却可能帮你推开心灵的门窗，拓展你的情怀，润泽你的精神，诱惑你对世界的好奇心，也还有对生命的打量，对他人的尊重与同情。

年轻的读者，这就是无功利心的阅读带给我真切的喜悦。

它有可能改变一个人的气质，不断擦亮你注视生活的目光。哪一本书能够得到这样的阅读，那可真是它的作者的幸运和荣光。

2014年9月16日

母亲在公共汽车上的表现

这里要说的是我母亲在乘公共汽车时的一些表现，但我首先须交代一下我母亲的职业。

我母亲退休前是一名声乐教授。她对自己的职业是满意的，甚至可以说热爱。因此她一开始有点不知道怎样面对退休。她喜欢和她的学生在一起；喜欢听他们那半生不熟的声音是怎样在她日复一日的训练之中成熟、漂亮起来；喜欢那些经她培养考上国内最高音乐学府的学生假期里回来看望她；喜欢收到学生们的各种贺卡。当然，我母亲有时候也喜欢对学生发脾气。用我母亲的话说，她发脾气一般是由于他们练声时和处理一首歌时的“不认真”，“笨”。不过在我看来，我母亲对学生的发脾气稍显那么点儿煞有介事。我不曾得见我母亲在课堂上教学，有时候我能看见她在家中为学生上课。学生站着练唱，我母亲坐在钢琴前弹伴奏。当她对学生不满意时就开始发脾气。当她发脾气时就加大手下的力量，钢琴骤然间轰鸣起来，一下子就盖过了学生的嗓音。奇怪的是我从未被我母亲的这种“脾气”吓着过，只越发觉得她在这时不像教授，反倒更似一个坐在钢琴前随意使性子的孩童。这又何必呢，我暗笑着想。今非昔比，现在的年轻人谁会真在意你的脾气？但我观察我母亲的学生，他们还是惧怕他们这位徐老师（我母亲姓徐）。他们知道这正是徐老师在传授技艺时没有保留没有私心的一种忘我表现，他们服她。可是我母亲退休了。

我记得退休之后的母亲曾经很郑重地对我说过，让我最好别告诉我的熟人和同事她的退休。我说退休了有什么不好，至少你不用每天挤公共汽车了，你不是常说就怕挤车嘛，又累又乏又耗时间。我母亲冲我讪讪一笑，不否认她说过这话，可那神情又分明叫人觉出她对于挤车的某种留恋。

我母亲的工作和公共汽车关系密切，她一辈子乘公共汽车上下班。公共汽车连接了她的声乐事业，连接了她和教室和学生之间的所有活动，她生命的很多时光是在公共汽车上度过的。当然，公共汽车也使她几十年间饱受奔波之苦。在中国，我还没有听说过哪座城市乘公共汽车不用挤不用等不用赶。我们这座城市也一样。我母亲就在长年的盼车、赶车、等车的实践中摸索出了一套上车经验。有时候我和我母亲一道乘公共汽车，不管人多么拥挤，她总是能比较靠前地登上车去。她上了车，一边抢占座位（如果车上有座位的话）一边告诉我，挤车时一定要溜边儿，尽可能贴近车身，这样你就能被堆在车门口的人们顺利“拥”上车去。试想，对于一位年过六十岁的妇女，这是一种多么危险的行为啊。我的确亲眼见过我母亲挤车时的危险动作：远远看见车来了，她定会迎着车头冲上去。这时车速虽慢但并无停下的意思，我母亲便会让过车头，贴车身极近地随车奔跑，当车终于停稳，她即能就近扒住车门一跃而上。她上去了，一边催促着仍在车下笨手笨脚的我——她替我着急；一边又有点居高临下的优越和得意——对于她在上车这件事上的比我机灵。她这种情态让我在一瞬间觉得，抱怨挤车和对自己能巧妙挤上车去的得意相比，我母亲是更看重后者的。她这种心态也使我们母女乘公共汽车的时候总仿佛不是母女同道，而是我被我母亲率领着上车。这种率领与被率领的关系使我母亲在汽车上总是显得比我忙乱而又主动。比方说，当她能够幸运地同时占住两个座位，而我又离她比较远时，她总是不顾近处站立的顾客的白眼，坚定不移地叫着我的小名要我去坐；比方说，当有一次我因高烧几天不退乘公共汽车去医院时，我母亲在车上竟然还动员乘客给我让座。但那次她的“动员”没有奏效，坐着的乘客并没有因我母亲声明我是个病人就给我让座。不错，我因发烧的确有点红头涨脸，但这也可能被人看成是红光满面。人们为什么要给一个年轻力壮而又红光满面的人让座呢？那时我站着，脸更红了，心中恼火着我母亲的“多事”，并由近而远地回忆着我母亲在汽车上的种种表现。当车子渐空，已有许多空位可供我坐时，我仍赌气似的站着，仿佛就因为我母亲太看重座位，我便愈要对空座位显出些不屑。

近几年来，我们城市的公共交通状况逐渐得到了缓解，可我母亲在乘公共汽车时仍是固执地使用她多年练就的上车法：即使车站只有我们两人，她也一定要先追随尚未停稳的车子跑上几步，然后贴门而上。她制造的这种惊险每每令我头晕，我不止一次地提醒她不必这样，万一她被车刮倒了呢，万一她在奔跑中扭了腿脚呢？我知道我这提醒的无用，因为下一次我母亲照旧。每逢这时我便有意离我母亲远远的，在汽车上我故意不和她站在（或坐在）一起。我遥望着我的母亲，看她在找到一个座位之后是那么的心满意足。我母亲也遥望着我，她张张嘴显然又要提醒我眼观六路留神座位，但我那拒绝的表情又让她生出些许胆怯。我遥望着我的母亲，遥望她面对我时的“胆怯”，忽然觉得我母亲练就的所有“惊险动作”其实和我的童年、少年时代都有关联。在我童年、少年的印象里，我母亲就总是拥挤在各种各样的队伍里，盼望、等待、追赶……拥挤着别人也被别人拥挤：年节时买猪肉、鸡蛋、粉条、豆腐的队伍；凭票证买月饼、火柴、洗衣粉的队伍；买定量食油和定量富强粉的队伍；买火车票长途汽车票的队伍……每一样物品在那个年月都是极其珍贵的，每一支队伍都可能因那珍贵物品的突然售完而宣告解散。我母亲这一代人就在这样的队伍里和这样的等待里练就着常人不解的“本领”而且欲罢不能。

我渐渐开始理解我母亲不再领受挤车之苦形成的那种失落

心境，我知道等待公共汽车挤上公共汽车其实早已是她声乐教学事业的一部分。她看重这个把家和事业连接在一起的环节，并且由此还乐意让她的孩子领受她在车上给予的“庇护”。那似乎成了她的一项“专利”，就像在从前的岁月里，她曾为她的孩子她的家，无数次地排在长长的队伍里，拥挤在嘈杂的人群里等待各种食品、日用品一样。

不久之后，我母亲同时受聘于两所大学继续教授声乐。她显得很兴奋，因为她又可以和学生们在一起了，又可以敲着琴键对她的学生发脾气了，她也可以继续她的挤车运动了。我不想再指责我母亲自造的这种惊险，我知道有句老话叫作“江山易改，禀性难移”。

可是，对于挤公共汽车的“爱好”，难道真能说是我母亲的秉性吗？

“何不就叫杨绛姐姐？”

——我眼中的杨绛先生

五月二十七日晨，在协和医院送别杨绛先生。先生容颜安详、平和，一条蓝白小花相间的长款丝巾熨帖地交叠于颈下，漾出清新的暖意，让人觉得她确已远行，是回家了，从“客栈”返回她心窝儿里的家。

二〇一四年夏末秋初，《杨绛全集》九卷本由人民文学出版社出版。二百六十八万字，涵盖散文、小说、戏剧、文论、译著等诸多领域，创作历程跨越八十余年。其时，杨绛先生刚刚安静地度过一百零三岁生日。

这套让人欣喜的《杨绛全集》，大气，典雅，厚重，严谨，是热爱杨绛的出版人对先生生日最庄重的祝福，也是跨东西两种文明之上的杨绛先生，以百余岁之不倦的创造力和智慧心，献给读者的宝贵礼物。现在是二〇一六年的七月，我把《杨绛全集》再次摆放案头开始慢读，我愿意用这样的方式纪念这样一位前辈。这阅读是有声的，纸上的句子传出杨绛先生的声音，慢且清晰，和杨绛先生近十年的交往不断浮在眼前。

一

作为敬且爱她的读者之一，近些年我有机会十余次拜访杨绛先生，收获的是灵性与精神上的奢侈。而杨绛先生不曾拒我，一边印证了我持续的不懂事，一边体现着先生对晚辈后生的无私体恤。后读杨绛先生在其生平与创作大事记中写下“初识铁凝，颇相投”，略安。

二〇〇七年一月二十九日晚，是我第一次和杨绛先生见面。在三里河南沙沟先生家中，保姆开门后，杨绛亲自迎至客厅门口。她身穿圆领黑毛衣，锈红薄羽绒背心，藏蓝色西裤，脚上是一尘不染的黑皮鞋。她一头银发整齐地拢在耳后，皮肤是近于透明的细腻、洁净，实在不像近百岁的老人。她一身的新鲜气，笑着看着我，我有点拿不准地说：我该怎么称呼您呢？杨绛先生？杨绛奶奶？杨绛妈妈……只听杨绛先生略带顽皮地答曰：“何不就叫杨绛姐姐？”

我自然不敢，但那份放松的欢悦已在心中，我和杨绛先生一同笑起来，“笑得很乐”——这是杨绛先生在散文里喜欢用的一个句子。

那一晚，杨绛先生的朴素客厅给我留下难忘印象。未经装修的水泥地面，四白落地的墙壁，靠窗一张宽大的旧书桌，桌上堆满了文稿、信函、辞典。沿墙两张罩着米色卡其布套的旧沙发，通常客人会被让在这沙发上，杨绛则坐上旁边一张更旧的软椅。我仰头看看天花板，在靠近日光灯的地方有几枚手印很是醒目。杨绛先生告诉我，那是她的手印。七十多岁时她还经常将两只凳子摞在一起，然后演杂技似的蹬到上面换灯管。那些手印就是换灯管时手扶天花板留下的。杨绛说，她是家里的修理工，并不像从前有些人认为的，是“涂脂抹粉的人”，“至今我连陪嫁都没有呢”。杨绛先生笑谈。后来我在一次接受媒体采访时描述过那几枚黑手印，杨绛先生读了那篇文章说：“铁凝，你只有一个地方讲得不对，那不是黑手印，是白手印。”我赶紧仰头再看，果然是白手印啊。岁月已为天花板蒙上一层薄灰，手印嵌上去便成白的了。而我却想当然地认定人在劳动时留下的手印必是黑的，尽管在那晚，我明明仰望过客厅的天花板。

我喜欢听杨绛先生说话，思路清晰，语气沉稳。虽然形容自己“坐在人生的边上”，但情感和视野从未离开现实。她读《国家地理》，也看电视剧《还珠格格》，知道前两年走俏日本的熊人玩偶“蒙奇奇”，还会告诉我保姆小吴从河南老家带给她的五谷杂粮，这些新鲜粮食，保证着杨绛饮食的健康。跟随钱家近二十年的小吴，悉心照料杨绛先生如家人，来自乡村的这位健康、勤勉的中年女性，家里有人在小企业就职，有人在南方打工，亦有人在大学读书，常有各种社会情状自然而然传递到杨绛这里。我跟杨绛先生开玩笑说您才是接“地气”呢，这地气就来自小吴。杨绛先生指着小吴说：“在她面前我很乖。”小吴则说：“奶奶（小吴对杨绛先生的称呼）有时候也不乖，读书经常超时，我说也不听。”除了有时读书超时，杨绛先生起居十分规律，无论寒暑，清晨起床后必先做一套钱锺书先生所教“八段锦”，直至春天生病前，弯腰双手可轻松触地。我想起杨绛告诉我钱先生教她八段锦时的语气，极轻柔，好像钱先生就站在身后，督促她每日清晨的健身。那更是一种从未间断的想念，是爱的宗教。杨绛晚年的不幸际遇，丧女之痛和丧夫之痛，在《我们仨》里，有隐忍而克制的叙述，偶尔一个情感浓烈的句子跳出，无不令人深感钝痛。她写看到爱女将不久于人世时的心情，“我觉得我的心上给捅了一下，绽出一个血泡，像一只饱含着热泪的眼睛”，送别阿圆时，“我心上盖满了一只一只饱含热泪的眼睛，这时一齐流下泪来”。但是这一切并没有摧垮杨绛，她还要“打扫现场”，从“我们仨”的失散到最后相聚，杨绛先生独自一人又明澄勇敢、神清气定地走过近二十年。这是一个生命的奇迹，也是一个爱的奇迹。

我还好奇过杨绛先生为什么总戴着一块圆形大表盘的手表，显然这不是装饰。我猜测，那是她多年的习惯吧，让时间离自己近一些，或说把时间带在身边，随时提醒自己一天里要做的事。在《我们仨》中杨绛写下这样的话：“在旧社会我们是卖掉生命求生存，因为时间就是生命。”如今在家中戴着手表的百岁杨绛，让我看到了虽从容，却严谨的学者风范。而小吴告诉我的，杨绛先生虽由她照顾，但至今更衣、沐浴均是独自完成，又让我感慨：杨绛先生的生命是这样清爽而有尊严。

二

有时候我怕杨绛先生戴助听器时间长了不舒服，也会和先生“笔谈”。我从茶几上拿过巴掌大的小本子，把要说的话写在上面。这样的小本子是杨绛用订书器订成，用的是写过字的纸，为节约，反面再用。我在这简陋的小本子上写字，想着，当钱锺书、杨绛把一生积攒的版税千万余元捐给清华大学的学子们，是那样的毫不吝啬。我还想到作为文学大家、翻译大家的杨绛先生，当怎样的珍惜生命时光，靠了怎样超乎常人的毅力，才有了如此丰厚的著述。为翻译《堂吉诃德》，她四十七岁开始自学西班牙语，伴随着各种运动，七十二万字，用去整整二十年。一九七八年六月十五日，杨绛参加了邓小平为西班牙国王胡安·卡洛斯一世和王后举行的国宴，邓小平将《堂吉诃德》中译本作为国礼赠送给贵宾，并把译者杨绛介绍给国王和王后。杨绛先生说，那天她无意中还听到两位西班牙女宾对她的小声议论，她们说“她穿得像个女工”。“她们可能觉得我听不见吧，我呢，听见了。其实那天我是穿了一套整齐的蓝毛料衣服的。”杨绛说。

有时我会忆起一九七八年的国宴上西班牙女宾的这句话：“她穿得像个女工。”初来封闭已久、刚刚打开国门的中国，西班牙人对中国著名学者的朴素穿着感到惊讶并不奇怪，那时的中国知识分子，单从穿着看去，大约都像女工或男工。经历了太多风雨的杨绛，坦然领受这样的评价，如同她常说的：“我们做群众最省事。”如同她反复说的，她是一个零。她成功地穿着“隐身衣”做大学问，看世相人生，哪怕将自己隐成一位普通女工。在做学问的同时，她也像那个时代大多数中国女性一样，操持家务，织毛衣烧饭，她常穿的一件海蓝色元宝针织法的毛衣就是在四十多年前织成。我曾夸赞那毛衣针法的均匀平展，杨绛脸上立刻浮现出天真的得意之色。

记得有一次在北京和台湾一位年轻学者见面，十几年前她在剑桥读博士，写过分析我的小说的论文。但这次见面，她谈的更多的是杨绛，说无意中在剑桥读了杨先生写于二十世纪四十年代的两部话剧《称心如意》《弄真成假》，惊叹杨先生那么年轻就展示出来的超拔才智、幽默和驾驭喜剧的控制力。接着她试探性地问我可否引荐她拜访杨先生，就杨先生的话剧，她有很多问题渴望当面请教。虽然我了解杨绛多年的习惯：尽可能谢绝慕名而来的访客。但受了这位学者真诚“问学”的感染，还是冒失地充当了一次引见人，结果被杨绛先生简洁地婉拒。我早应知道会是这个结果，这个结果只让我更切实地感受到杨绛先生的“隐身”意愿，学问深浅，成就高低，在她已十分淡远。任何的研究或褒贬，在她亦都是身外之累吧。自此我便更加谨慎，不曾再做类似的“引见”。

二〇一一年七月十五日，杨绛先生百岁生日前，我和作协党组书记李冰前去拜望，谈及她的青年时代，我记得杨绛讲起和胡适的见面。胡适因称自己是杨绛父亲的学生，曾经去杨家在苏州的寓所拜访。父亲的朋友来，杨绛从不出来，出来看到的都是背影。抗日战争胜利后在上海，杨绛最好的朋友陈衡哲跟她说，胡适很想看看你。杨绛说我也想看看他。后来在陈衡哲家里见了面，几个朋友坐在那儿吃鸡肉包子，鸡肉包子是杨绛带去的。我问杨绛先生鸡肉包子是您做的吗？杨绛先生说：“不是我做的。一个有名的店卖，如果多买还要排队。我总是拿块大毛巾包一笼荷叶垫底的包子回来，大家吃完在毛巾上擦擦手。”讲起往事，杨绛对细节的记忆十分惊人。在她眼中，胡适口才好，颇善交际。由胡适讲到“五四”，杨绛先生说：“我们大家讲五四运动，当时在现场的，现在活着的恐怕只有我一个了，我那时候才八岁。那天我坐着家里的包车上学，在大街上读着游行的学生们写在小旗子上的口号‘恋爱自由，劳工神圣，抵制日货，坚持到底！’我当时不认识‘恋’字，把恋爱自由读成‘变爱自由’。学生们都客气，不来干涉我。”杨绛先生还记得，那时北京的泥土路边没有阴沟，都是阳沟，下雨时沟里积满水，不下雨时沟里滚着干树叶什么的，也常见骆驼跪卧在路边等待装卸货。汽车稀少，讲究些的人出行坐骡车。她感慨那个时代那一代作家。“今天，我是所谓最老的作家了，又是老一代作家里最年轻的。”那么年轻一代中最老的作家是谁呢？——我发现当我们想到一个人时，杨绛先生想的是一代人。

三

杨绛先生有时候也会以过来人的幽默调侃老年人，一次她问我人老了最突出的标志是什么，接着自己总结说：“人老了就是该鼓的地方都瘪了，该瘪的地方都鼓了。”说得在场的人大笑起来，杨绛先生也笑——笑得很乐。在生命的暮年，杨绛仍然保有着对生活的体贴，对他人的细心同情，对人所给予的善意的珍视。有几年的冬天我去看她时，见客厅地上总立着一棵二十公分高的小小的圣诞树，若是晚上，圣诞树上那些豆大的小彩灯便会亮起来，闪烁着并不耀眼的光。我问起这棵小精灵般的圣诞树，杨绛先生告诉我，那是有一年她在协和医院住院，正逢圣诞节，医生特意送到她病房的礼物，出院时她就把这棵小树带回了家。在略显空旷和冷清的房间里，这棵站在水泥地上的小树让我感到温馨而又酸楚，杨绛先生是看重这树的，才会每年冬天都要把它搬出来点亮，她更看重的是协和医院医生护士们的美好情谊。

在杨绛先生家里我们拍过一些照片，一次我把拍好的照片洗印出来请人给杨绛送上，先生收到照片后还特别写信致谢。信纸末端有一滴绿豆大的斑痕，杨绛在那斑痕旁边注明：“这是小吴不小心滴上的酱油，不是我滴的。”一句话道出了杨绛先生和小吴的融洽关系，也让我体会到一代大家对信函书写的讲究。这古典的、即将失传的讲究里洋溢着结实的人间滋味。

有一年春节我去杨绛先生家拜年，临别时，杨绛先生说要送我一样东西，然后起身走进她的小书房——那是走廊尽头一个阴面房间，杨绛先生曾领我去过。当时她告诉我，她曾多年在这个房间写作。书桌一头临着靠北的窗户，冬天，从窗缝挤进来的冷风吹在她伏案的左臂上，当时不知不觉，但经年如此，左臂关节常常疼痛，后才搬到向阳的客厅工作。我正想着北京冬天北风的“贼冷”，杨绛先生脚步轻快地返回客厅，手里拿着一只鸽灰色工字纹织锦做面的考究纸盒。她把盒子放在我眼前的茶几上说，“这不是新东西，是件旧物，也许你用得着。”接着她怕我不接受似的指着盒子边角一块泛黄的印迹说：“你看，真是件旧物，雨水淋过呢。”我打开纸盒，原来里面盛着一只造型简约、做工极为精美的长方形黑檀木盒，木质如缎似玉，天然纹理深沉大气，盒盖中央镂刻出铜钱薄厚的两眼小孔，一块扎着细密明线的小牛皮穿孔而过，和拢后凸起在盒盖上，成为这盖子的手柄。我小心捏住这牛皮手柄掀起盒盖，见盒内由洋红色瓦楞纸做衬，整齐地排列着五支黑色铅笔。三棱型纯黑笔杆的握笔处凸起着几排防滑的细密小圆点，笔杆尾部有Faber-Castell的著名标志，是德国辉柏嘉品牌。辉柏嘉是欧洲最古老的工业企业之一，一七六一年生产出世界上第一支铅笔，二百五十多年来始终倡导无毒环保。

我接受了这样的礼物，这样一只特别的铅笔盒，没有对杨绛先生说过谢谢，觉得仅一声谢谢也许反而太过轻浮。在以后的日子里，我经常将这铅笔盒仔细端详，在散发着幽远暗香的黑檀木盒底上，一方略显陈旧的银色卡片，印有对这只盒子的繁体字介绍。这是原产于印度尼西亚苏拉威西岛的顶级黑檀木，以纯手工做法完成。这工匠认为，千百年来唯一能觉醒生活的，仅是一种简单却独特的味道。让朴拙取代繁复，自由带走束缚，透过人与木的对话，让一切回归自然。我琢磨木盒上那枚小牛皮手柄，它那仿佛“包浆”似的油润，有一种长久被人手抚摩的可喜的温软，必是主人的身边爱物。它和杨绛先生那间朝北的小书房，本是一体的吧。时间再往前推，它又和杨绛在不同“场景”的家里共度过多少时光？我把五支铅笔从黑檀木盒中取出排列在书桌上，这是五支削好的、从未使用过的辉柏嘉铅笔。我无以判断生产它的年代，但它古典而内敛的气质和通身的静谧遥远滋味，让我相信，它们的年龄应在一个甲子之上。这无疑是杨绛先生最喜欢的铅笔，她才会用贵重的黑檀木盒装了它们赠予我。也许在杨绛看来，再珍贵的黑檀，也比不过最好用的笔吧，虽然它们只是几支铅笔。我愈加感受到杨绛先生这馈赠的深情厚谊，她的别致典雅，她无言的期待和祝福，如深谙世间冷暖的明智长者，或是可以畅叙闺中喜忧的“杨绛姐姐”？

四

二〇一三年夏天，年逾百岁的杨绛经历了一场因私人书信被拍卖而引发的官司。杨绛先生决定依法维权并公开发表了声明。她在声明中说：“近来传出某公司很快要拍卖钱锺书和我及钱瑗私人信件一事，媒体和朋友很关心，纷纷询问，我以为有必要表明态度，现郑重声明如下……”杨绛先生谈到此事让她很受伤害，极为震惊。她表示对此坚决反对，希望有关人士和拍卖公司尊重法律，尊重他人的权利，否则她会亲自走向法庭，维护自己和家人的合法权利。

得知这一消息，我惊讶和钦佩杨绛先生以百岁之躯毅然维权的决心，又十分担心她的身体。记得我赶去杨绛先生家时，看见她面色稍显憔悴，但讲到维权事，叙述有力，神情倔强，一扫平日之淡然。我忽然不敬地想到，若钱先生在世，怕都不见得有这样一份果敢。也才更加具体地领略到钱先生每遇生活难处为什么只要听见杨绛说“不要紧，我会修”，“不要紧，我会洗”便踏实、安心。

我在杨绛家了解到事情全过程，我站在杨绛先生一边。当年五月三十日，我接受了《文汇报》记者关于钱锺书、杨绛私人书信被拍卖一事的采访。我同意《文汇报》载一些法学家的看法：这一行为侵犯了他人的隐私权。我认为，私人间的通信是建立在互相尊重、信任的基础上的，利用别人的信任，为了一己之私，公开和出售别人的隐私，有悖于社会公德与人们的文化良知。在当事人坚决反对的情况下，如还执意要这样做，是对当事人更深的伤害。我对记者说，钱锺书和杨绛是我国著名的文学大家、翻译大家，深受国内外众多读者的喜爱，对中国文学乃至中国文化产生了重要影响。杨绛先生是亲历五四运动唯一仍在世的中国作家。钱、杨二人把一生的全部稿费和版税捐赠给母校清华大学设立“好读书奖学金，至今捐款计逾千万元，受益者已达数百位学子。如今一百零二岁的杨绛精神矍铄，身体康健，这是中国文学界和文化界的幸事和喜悦之事。拍卖事让这位年逾百岁的老人在安宁和清静中被打扰，她的情感、精神受伤害。让这样一位老人决意亲自上法庭，一定是许多喜爱钱锺书、杨绛作品的读者不希望看到的，一定也是善良的国人不乐意看到的。人心的秩序，人际关系中信任、坦诚这些美好词汇万不可变得如此脆弱和卑微。

杨绛先生的愤怒维权，得到社会众多方面的关注与支持，曾同我一道拜访过杨绛的李冰同志倾力相助，中国作家协会权保会也同有关方面积极沟通。经多方共同努力，持续将近一年的案件，终以法院判决杨绛胜诉而告一段落。

就此，我也感受到这位瘦小的老人胸中的硬气，她对著作权、隐私权，对丈夫、亲人和家庭义无反顾的捍卫。她的超然从容为她抵挡了学问著述之外的嘈杂，她的不妥协、不原谅则把她还原为一个常人而不是超人。身着隐身衣并非躲闪与逃避，也不是将自己低到尘埃里去。真正的隐身是需要大智慧大勇气的，在人所不见的地方，以远离虚名浮利的坚韧意志，定心明察，让灵性和思想的傲骨开出忧世且向善的花。

五

一次杨绛先生问到我的个人生活，说什么时候想要见见我先生。二〇一三年春节前，我和先生同去杨绛先生家拜年。杨绛仔细端详着我的先生，扭头笑盈盈地对我说了夸奖逗趣他的话，那慈爱的神情，就像我的娘家人一样。我们聊了一些家事，还讲到我们的女儿。杨绛先生嘱咐说："下次来，送给我一张你们的全家福吧，照片背面要写上字呢。"二〇一四年四月，我和先生再次拜访了杨绛。杨绛先生在生平与创作大事记中记录了这次见面："下午铁凝、华生同志来，说说笑笑，很高兴。"那确是一次轻松快乐的见面，杨绛先生维权胜诉后身心放松的平静心绪感染着我们，闲聊中只有凡俗的家常气。这些年，越是和杨绛先生见面，就越是感受到她身上的家常气。柴米油盐和学问著述从未在她这里成为对立。杨绛对亲人和家庭孜孜不倦的爱和护卫，则处处洋溢着她教养不凡的生活情趣和生活智慧。这样的情趣和智慧，在某种意义上以并不低于学问本身的魅力，伴她渡过难关，清明而无乖戾，宁静而不萎靡。我们遵嘱送给杨绛先生一张全家福照片，她看着照片上的女儿，叫着孩子的名字，好像孩子已经站在她的眼前。杨绛先生比我们的女儿整整大了一百岁，当她看着照片上的孩子时，仿佛时光倒流，她的神情刹那间呈现出稚童样的活泼。

我和我的先生不忍更多打扰杨绛，更不曾想到让孩子前去打扰。但我在今年春节前给杨绛先生拜年时（这也是我和杨绛最后一次在三里河家中见面），刚刚坐在她的身边，面容已显出疲惫、形态也显出虚弱的杨绛先生，开口便先问起了我们的孩子。她清楚、准确地叫着女儿的名字说："豆豆好吗？"这让我意外而又感动。事隔一年多之后，她还记得一个未曾见面的孩子。我相信，一百零五岁的杨绛，她爱的是天底下所有的孩子，这爱从来没有因为自己爱女的不幸离世而枯萎。她说过老人的眼睛是干枯的，只会心上流泪。她的心上"盖满了一只一只饱含热泪的眼睛"，她的眼光越过我们，祝福的是一个新世纪里更新的一代。我不愿相信，这是一位真正走到人生边上的世纪老人，对一个不谙世事的孩子最后一声问候。

读《杨绛全集》，杨绛写她和钱先生沦陷上海期间，"饱经忧患，也见到世态炎凉。我们夫妇常把日常的感受，当作美酒般浅斟低酌，细细品尝。这种滋味值得品尝，因为忧患孕育智慧。”在写到那段时间有人曾许给钱锺书一个联合国教科文的什么职位，被钱先生立即辞谢。“我问钟书：‘联合国的职位为什么不要’？他说：‘那是胡萝卜’！当时我不懂‘胡萝卜’与‘大棒’相连。压根儿不吃‘胡萝卜’，就不受‘大棒’驱使。”她写在当时的上海，谣言满天飞、人心惶惶的气氛中，“我们并不惶惶然”。“我们如要逃跑，不是无路可走。可是一个人在紧要关头，决定他何去何从的，也许总是他最基本的感情……我国是国耻重重的弱国，跑出去仰人鼻息，做二等公民，我们不愿意。我们是文化人，爱祖国的文化，爱祖国的文字，爱祖国的语言。一句话，我们是倔强的中国老百姓，不愿做外国人。我们并不敢为自己乐观，可是我们安静地留在上海，等待解放。”

读《杨绛全集》，我想起杨绛八十岁生日时夏衍先生所赠亲笔短诗：“无官无位，活得自在，有才有识，独铸伟词。”其后，杨绛在九十六岁开始讨论哲学，自问灵魂去向，深思生死边缘的价值；九十八岁续写《洗澡》，成文《洗澡之后》。于是，《杨绛全集》便呈现出一种开放的、且读且新的气质。

我珍视和杨绛先生的每一次见面，也许是因为我每每看到这个时代里一些年轻人精致的俗相，一些已不年轻的人精致的俗相，甚至我自身偶尔冒出的精致的俗相，以及一些不由分说的尖刻和缺乏宽容、理性的暴戾之社会情绪，正需要经由这样的先行者，这样的学养、见识、不泯的良知去冲刷和洗涤。

一个不断崛起、日益被世界瞩目的民族，她的风骨、情怀与人文生态，仍然需要一代隐于人海的文化大家的长久滋养。我们的下一代，更下一代，当永怀赤子之心，真诚生活，才配得上这些秉持着智慧之烛，光照后辈的先贤们的问候和祝福。

在杨绛先生一百零五岁诞辰日之际，我写下以上文字，以表达对先生深切的怀念。

2016年7月17日

旅行

散文精读·铁凝 >>

疾步热岛

去年六月，我有十天时间在台湾访问。先是高雄，后是台北。看宝岛由南向北，节目紧密，令我想用“走马观花”来表现我们行色的匆忙。既是“走马”，文字就不免仓促，感受缤纷而又缭乱，记下只言片语，以念这次美好的旅行。

萧飒像家长

此行我们的东道主是高雄市文艺协会，该会会长、小说家萧飒先生仪表超群，举止潇洒，装束得体。虽年逾六十，却常有二十岁青年的激情在脸上、在谈吐里。这样的男性，最易具备清高孤傲之气，但与萧飒相处十天，我倒觉得他更像一个爱操心的、不怕麻烦，更不惧费口舌的家长。我这样说原因有二：一是台湾使我没有陌生感，东道主和我们这一行十余人临时组成的旅行团，如同一家，主人身份的萧飒自然好比这家的“家长”之一；二是萧飒本人对大陆“家人”所表现出来的热忱委实叫人感动。他事必躬亲，每至一处，食宿虽有妥帖安排，他却还要把客人房间逐一看过，并及时征询意见。他常是一个活动中的多种角色，是导演，是主持人，是节目出演者，是导游，甚至担负对某种菜肴或某种花草的说明讲解，讲起来不厌其烦，生怕冷落了客人。他还特别的心细，有一回在高雄去台北的途中，舒适的大巴车中冷气令我昏昏欲睡，而这时萧飒正在向大家介绍窗外的乡间景色。我于朦胧中忽听萧飒叫着我的名字说："铁凝小姐，请把你的眼睛睁开，请把你的眼睛睁开，看一看台中的风景吧！"我睁了眼，看了一眼台中风景，又闭上了。过了一会儿耳边又响起萧飒顽强的声音："铁凝小姐，我再次请你把眼睛睁开看一看窗外。"我再次睁开了眼，觉得自己颇像一个专惹大人不高兴的、不知好歹的儿童。一年之后，每当想起萧飒，耳边首先会响起那个反复要我睁眼的声音。这时我有一种通常孩子对家长的声音的感觉：有点絮叨，但是亲。

萧飒还特别认真，他赠一册他的小说集《裸画》，要我"指教"。他的小说切近人生，既有对小人物略带辛酸的关怀，也有对艺术、人性和生命本意的形而上思考。我送他一本我的长篇小说《无雨之城》请他批评。回大陆后，有一晚忽接高雄打来的电话，是萧飒。他打这个电话专是为了谈对我小说的读后感，他说因为他答应过的。这个穿越海峡的电话使我明白，萧飒何以敢在他主持的高雄文协不名一文的前提下，接待我们的大陆作家代表团。正应了毛泽东那句话："世界上怕就怕'认真'二字。"萧飒与他的认真、执拗和对大陆同胞的满腔情意，与他的同仁一道终于迎来了我们。他们筹集到了一笔可观的钱，但他们付出的辛苦比筹到的金钱要多许多；他们收获的友谊也比筹到的金钱多许多。

热的街和热的人

曾经去过海南，觉得挺热。到了高雄，才真正知道什么叫热，也才明白为什么高雄的男男女女均是长衫长裤长裙——高雄的太阳似能把皮肤烤焦。高雄的街并不宽广，街上永远拥挤着汽车和摩托车，自行车已十分罕见。那些骑摩托车的人怕吸入废气，人人都戴着厚实的花口罩，是为了阻隔污染，但更像对现代化的恐惧。如此多的车辆，街道却安安静静。据说二十年前的高雄街上还是混乱一片的，街窄车多，司机们拼了命地按喇叭，满街刺耳的噪音曾使行人彼此听不到讲话。后来市政府下决心治理噪音污染，交通法规明确了市内车辆不准鸣笛，才逐渐形成了今日局面。也应该说是高雄市民素质不断提高的结果吧。一座城市的文明程度，的确取决于它的市民的素质高低。在闷热然而清洁的高雄街上，密密麻麻的车辆河一样安静地流淌着，间或有一群群戴着花口罩的骑摩托车者掺杂其中，车们的豪华气派和花口罩诙谐的人情味儿也算是今日高雄生活中一个奇特的形象组合。

天气是热的，人心更热。高雄市政府官员廖金得是此次我们台湾之行热诚促成人之一。廖金得是个善交际、信息广、乐于助人的义气之士，职务之余也写散文，曾有专门研究槟榔文化的著述。他请我们去他家中做客，毫无虚荣地告诉我们，他的太太就在楼下开了一间牛肉面馆。他在“社会局”（类似大陆民政局）曾经从事殡葬管理，因此谈话中还常流露出职业特点，比如说邓丽君的殡葬费为一亿新台币（合人民币三千万元左右），她本人财产有四十亿新台币等等，我们均是从他口中得知。

另一位热心人诗人裴源，几乎要“垄断”我们每日活动之外的所有时间。他驾车陪我们逛超市、游爱河（穿越高雄市区的一条河），还在某日的晚餐之后邀我们去一家名叫“乡根”的西餐厅吃冰点。好像有一道名叫“火树银花”的香蕉菠萝，是喷溅着嗞嗞作响的火花、冒着小蓝火苗被服务员端上来的，在“乡根”幽暗、典雅的堂内，这些燃烧着火苗的水果给我们带来了轻松的愉悦。出了“乡根”，裴先生又执意请我们去一间带画廊的茶室。茶室门口有一个面摊，裴先生便不顾我们肠胃的拥挤，执意要我们坐在路边品尝据他说是十分美味的小吃。这位祖籍山东的诗人似乎不知如何才能向我们表述他的乡情，常见他在每日课余（他在一所中专任教）一头热汗地赶来加入我们的活动。他还为我们代表团所有成员画像——速写吧，全部是侧面，并且每帧画像上的人都长得差不多。他的画作或许比他的诗作稍微逊色，但我们更看重的是他这份心意。

“不喝就是看不起我”

去过了台湾地区最南端的屏东和垦丁，才觉得高雄的热原来并非热的极致。屏东和垦丁是真正的热岛。我们由高雄到此，居住在一个名叫青年活动中心的地方，正遇停电，于是户外的热浪和没有冷气的室内温度融为一体，一瞬间令人颇有走投无路之感，只好不断冲澡降温。这里是地道的台南乡下，民风质朴畅达。在屏东县的林边乡，我们参观了渔业大王林莲祥的奇石收藏馆。馆中的确有许多好石头，以东南亚所产居多，叫人觉得这世界上许多石头其实比人更有情感，也更温暖。聪明的林先生郑重其事请代表团各位给石头命名，我选了一块起名为“老祖母”。后来听说我们命名过的石头均以不菲的价格被买走。出了奇石馆，我们去县内一家海鲜馆午餐。正巧这家馆子有婚宴，但见门前车水马龙，车辆大都是奔驰560或本田、尼桑。此地农民家中有一两辆这类轿车者不在少数。新娘、新郎正站在门口迎接宾客，均是西式打扮：新郎燕尾服；新娘白色袒胸婚纱，脸上妆很浓，热汗已不断滑落到裸露的颈上，表情是幸福和焦躁并存，因为身后的海鲜馆内，正是中国式的人声鼎沸。我们绕过迎宾的新人，赶上二楼入座，县、乡级的官员立刻走过来热烈握手、大声寒暄。席间，几位乡长涨红着脸、举着酒杯挨桌劝酒，遇不胜白酒者，他们便高声道：“喝，不喝就是看不起我！”这久违了的劝酒句令我惊讶，令我感到亲近。在大陆的北方乡下，在农民的土炕上，县招待所的酒桌上，我是常常听到这样的声音的。一时间我觉得我并不曾出远门，我本是在自己的土地上；我觉得有一个事实不可改变——我们都是中国人；我觉得热也好冷也好，海也好山也好，什么也不能否定，我们和这些初次谋面却并不生分的人们本出自一条乡根。

我的蒙文老师

我们代表团中的阿尔泰，是来自内蒙古的诗人。他高大、沉稳，铁塔似的。话不多，出言却必有阿尔泰式的慢吞吞的俏皮，一路上不断惹得高雄两位散文女作家陈丽卿、洪丽玉开怀欢笑。陈、洪两位小姐，是自我们抵达高雄直至我们离开台湾始终陪同我们的两位可爱女性，陈丽卿娴静典雅，洪丽玉英姿飒爽。我们一路并无特别的客套，但心是近的。陈、洪两位对语言似有特别的敏感，她们说，她们非常喜欢听我讲普通话，快而清晰，上下嘴唇仿佛碰也未碰，那些难以对付的卷舌音就流利地飘了出来。“好叫人羡慕哇！”她们认真地盯了我的唇，由衷地叹道。然而她们也喜欢听阿尔泰并不标准的普通话，比方说“海鲜的我不吃”这类的句式；比方说，由于他发音不准，他老是把山东来的诗人吴茂泉说成“五毛钱”。我想，她们喜爱的是阿尔泰语音里那浓重的草原气息吧，她们从他身上看到的是北方男性那么一种深厚、宽广、大智若愚的气概。

在一些场合，主人和客人都要出演节目的，我和阿尔泰合作了《敖包相会》这首歌，我用汉语，阿尔泰用蒙文。事后他对我说：“用汉语唱《敖包相会》有什么意思嘛，你在那里唱，我好像不认识你。”我就说，我很愿意试一试学蒙文。于是阿尔泰便利用琐碎时间热心地教我《敖包相会》的蒙文歌词，并耐心给我示范一些字的微妙发音。在去往台湾原住民文化村的途中，我总算能够比较连贯地掌握了《敖包相会》的蒙文歌词。这样，在当晚的一个宴会上，我和阿尔泰先用汉语，后用蒙文演唱了《敖包相会》，受到大家的欢迎。这样，《敖包相会》就成了我们的保留节目，从高雄一直唱到台北，以至于有电台和电视台欲邀请我们去录音录像。阿尔泰夸奖了我的演唱，甚至说我比他们歌舞团的汉族演员学得快。他说现在我认识你了，我要把我的感想写成一首诗，用蒙文，你读不懂，而且我不翻译。由于他身材的高大，他跟人讲话时必得缓缓低下头侧过脸，像一头大象对一个昆虫发言，并且竭力地轻声，生怕吓着谁似的。

我其实并不真信阿尔泰对我夸奖，我之所以敢于“现趸现卖”，大概因为听众里无人能够评判我的蒙文水准。此外，当时的气氛也很要紧。那是一种融洽的、渴望心与心沟通的气氛。在那个热的季节，在那个热的岛上，要是我和阿尔泰一道，果真用新学的蒙文把大草原的草香传递给了那些不曾见识草原的同胞，我已知足。

林海音

在台北，当我与我喜爱的作家林海音会面时，这位身材娇巧、雍容端庄的小老太太给了我特殊的亲切之感。她那幽默活泼、口齿清晰的纯正京腔，骤然间把台北与北京拉得如此近切。我惊奇地倾听她的闲聊，揣度她何以能够在离开北京近五十年的岁月里执拗地捍卫了北京的口音。她的《城南旧事》感动着我母亲那一辈人，也每每令我感动。回来之后，在秋日的夜晚读林海音送给我的未经删节的原版《城南旧事》，耳边尽是台北细雨中她那毫不做作的京腔。思绪又岔开去想起大陆的一些节目主持人和影、视、歌星，其中越是未曾离过大陆者，却不知为什么越要先在说话上把自己变成这块土地的生人。这时我方才明白林海音捍卫的何止是一种口音呢，她不敢忘却的其实是影响了作家终生的那种根底结实、平凡热闹的童年生活。

只可惜时间太短，参观林海音的纯文学出版社是匆匆的；

在林海音家看她情趣盎然的照相簿也是匆匆的。我曾指着一帧林海音穿黑色薄纱晚装的照片，对她说她穿这件衣服有种特别的韵味，她马上说："咱们先去吃午饭，一会儿回来看我的衣服！"中午，林海音在一家德国馆子请吃西餐，在座有林海音的先生夏承楹和代表团金坚范、蒋翠林二位。林海音知我们喜海鲜，特别叫了香蒜明虾。果然我胃口大开，刹那间就将一盘虾吃光。林海音问我好吃吗，我说这只空盘子就是证明啊。林海音笑着说可是你还没拍巴掌儿哪。于是我拍了巴掌儿。林海音又笑着说："瞧这铁凝，长得眉是眉，眼是眼的！"她好像在夸自家的孩子，可在她那历练过人生的安详美丽的容貌上，我会忽然捕捉到一种女孩子的清静与清新，还有女孩子式的活泼。一会儿，我们吃完了午饭，因为另外的约会，却再也没有机会欣赏林海音的衣服了。这于我真是个大大的遗憾，我猜测林海音也会觉得遗憾。想起她曾经告诉我，她有一件非常漂亮的大衣，总是盼着某一年北京的冬天特别冷，那样她就可以穿到北京去。而在台北，实在是找不到穿大衣的机会。为此，她还给北京的友人（似乎是舒乙）打过电话咨询天气。

又读《城南旧事》，深深为林海音叙述语言的简洁、质朴和温暖的幽默所感动。女性作家文笔的细腻、清秀或者真挚、热烈都不难，但能够懂得幽默却不容易，须大家方可。因为幽默本是智慧的最高形式。我喜欢林海音，缘由或许正在这儿呢。

皇冠出版社

琼瑶、平鑫涛夫妇在他们的皇冠出版社与我们有一次短的座谈。主人客气而又细心，因是在两餐饭中间，所以还特备精致西点招待大家。有两点给我留下印象：一是琼瑶主张作家和出版社都应懂得利用一切可能的机会销书。比如他们，除书店之外，还与台北那些二十四小时营业的便利店开展业务，将书放到这样的小百货店去销。这样销售也会扩大许多。我去过几家便利店，果然在牙膏、太阳镜的货架之中，也排列着“皇冠”的新书。书更接近了市民，也便利了读者。

还有一点，琼瑶说她看到有位作家赠她的名片，名片上有行字使她搞不懂，“什么叫一级作家？”她问，在场有人向她解释，这属于大陆作家职称的一种级别称谓，琼瑶似乎仍然表示了她的不理解。

莲雾与佛手瓜之联想

参观高雄的凤凰山热带植物实验所时，我见到两种台湾独有的东西。一是名为变色花的木本植物，此花一人多高，根部深绿，往上由浅绿至浅黄；到顶端，那巨大的蒲扇般的“花瓣”则呈现出亮丽的金黄色，一派癫狂之气，叫人头昏眼花，叫人窒息。再就是一种名叫莲雾的水果。六月，收获莲雾的季节已过，因此我只在该试验所赠予的图录上见了它的照片。我好奇地问莲雾什么滋味，是不是和“榴梿”类似？我初次吃榴梿是在香港，软软的，多汁液，又臭又香的。一个叫阮百灵的年轻人告诉我，莲雾和榴梿不是一种水果，他向我渲染了莲雾的酥脆、清甜，听他说，简直好吃得无法形容。这阮百灵也是高雄市文艺协会的骨干会员之一，本人是地道的台南人，农民企业家吧，一个建筑公司的“老总”：黝黑的肌肤，精干的形体，明亮的眼。我们在台期间他终日陪同，也不顾他公司的生意了，一副侠肠热骨。关于他，蒋子龙有专文做过描述，以至于惹得大陆一些少女读后纷纷投寄情书至台南，欲结识这个青年。阮百灵见我把莲雾问得如此细致，而他又拿不出一枚真莲雾来给我，便十分抱歉，就像是他欠了我多少情似的。他对我说，他一定想办法让我们在离开台湾之前尝到莲雾。可我并不在意此话，因为台湾本是水果的岛，没有莲雾，饱尝了各色水果的我们也无缺憾之感。

离台的那天早上，在高雄机场，阮百灵却真的弄来了好几箱莲雾。他和他的家人开车拉着这种水果，凌晨即从台南乡下启程，花两个多小时到达机场。他们把莲雾搬进候机厅，当场开箱，一捧一捧往我们的旅行袋里塞。许多人就在这时流了泪。我记不清是谁塞在我手里一枚刚洗过的莲雾要我立刻品尝，我尝着，的确好吃得无法形容，的确好吃得无法让其他水果类比。收获季节已过，阮百灵是从哪里把它们变出来的呢？我始终不得而知。后来我侥幸避过了“安检”，居然将几枚莲雾带回了北京。

在我的城市里，有一种蔬菜名叫佛手瓜的，我从台湾回来后对它有过格外的端详。我觉得它无论在外形上或肉质的酥脆及至果核的形状，都与台湾的莲雾极为相似，只是大于莲雾，也不及莲雾甜。我不是农学家，但我执拗地认为它们该是一个家族中的兄弟，它们之间必有某种亲密的关联。仿佛这样一想，大陆的土地上分明也就有着生长莲雾的可能了。

感谢阮百灵让我尝过了莲雾。他所不知的，是莲雾的清香会通过佛手瓜这种平凡的蔬菜，如此长久地弥漫在我的日常生活里。

罗丹之约

早春的时候，差不多所有的中国人都知道罗丹作品要来中国了，他的《思想者》，他的《地狱之门》，他的《青铜时代》，他的《加莱义民》，他的《吻》……这些作品将先后在北京和上海展出。

在罗丹的国家法国，在巴黎瓦雷诺大街的罗丹博物馆，当坐落在庭院内的《思想者》被一辆蓝色大吊车长长的吊臂轻轻吊离基座装进木箱时，数百名法国艺术名人默默注视着它，无数的摄像机和照相机镜头一齐对准了它的缓缓升起。他们为它送行，他们都知道，这座巨大的铜像斑驳的雕塑自一九〇六年安放在这里以来，从未离开过故乡。现在它就要出走，而且是第一次远足。它初次远足选定的目标便是东方的中国。

把法国最伟大的青铜作品介绍到具有伟大的青铜文明的古老中国，也许是再合适不过的选择了。这又仿佛是罗丹生前的一桩心愿，因为神秘的东方艺术也曾经给过他强烈的震撼。

于是我便乘火车去北京看罗丹。

小时候我就看过罗丹的作品，当然那只是些印刷品。其中两件作品给我的印象最深：一件是身披宽大睡袍，显出任意散漫着的巴尔扎克；一件是筋肉松弛的裸体雨果。少不更事的我曾经很不明白为什么罗丹要将两位大作家弄成这样。在孩子的眼中，他对他们二位显得太随意了。成人之后才发觉罗丹是多么坦率地对待了他这两位法国朋友，而他这两位朋友又是多么坦率地要求罗丹把他们弄成这样。有本书中曾经提到，巴尔扎克认为罗丹只有把他弄成这模样，他才是真正的巴尔扎克。于是至今每当人们提及巴尔扎克和雨果时，我眼前掠过的首先不是他们的著作，而是罗丹手下的那个“他们”。我想这便是他们作为艺术家和作家的共同卓识与见地吧，是这种卓识和见地掠夺了观众的记忆。罗丹具备这种掠夺观念记忆的力量，他掠夺了我的记忆，他在我心中就日渐伟大起来；他占有了我的记忆，我的记忆里便永远有了罗丹。

春风和煦，阳光明媚，我在中国美术馆门前安静地排着队等待购买门票。长长的队伍一直保持了少有的顺和与规矩，似乎来看罗丹的人们是有约在先的，人们在一瞬间变得相互友好和理解了。

然后，我首先看见了《思想者》，它被安放在美术馆庭院的正中，他正面向着熙熙攘攘的大街和一片片古老的灰瓦屋顶。他坐在岩石之上，全身赤裸，蜷曲着自己；他一手握拳抵住下颚，咬牙紧张地正陷入着沉思。这本是一个众人熟知的形象，这个几乎有点程式化了的姿势乍一看去，甚至没能唤起我的新奇之感。而当我绕到他的背后时才真正地激动起来，我惊讶于罗丹在思想者脊背上所倾注的良苦用心：原来在这面宽厚、雄健的脊背上，组织明确的肌肉群如汹涌的波涛正有节律地涌动起伏，使我忽然明白了罗丹在创作之初何以能摆脱诗人但丁原型的束缚，把身着裙装、面庞清癯的苦行僧形象换成了今天的《思想者》。在这位肌肉发达、强壮雄健的思想者身上或许融入了艺术家全部痛苦而又美好的理想吧？他渴望从雄健的身体里发生雄健的思想，或者只有如此雄健的身体才有产生雄健思想的力量？罗丹不忽略思想者的头颅，但他更倾心于支撑这头颅的躯干。于是即使思想者的一面脊背也成了表现这雄健思想不可缺少的因素。于是我在他的被观众冷淡着的脊背上初次发现了一个完整的思想者，在这面脊背上，他那紧张而痉挛着的每一个细胞都使我生出一种全新的幸福感。我很为这一瞬间，这个我独自占有的瞬间而满足。继而又想到，面对一件伟大的作品，人们都在人云亦云时，议论的或许都是它那被观众（或读者）自己程式化了的正面吧，对于它的背面却每每会粗心地忽略过去，尽管作者曾经苦心用尽地去经营它的背面。如今一个完整的《思想者》终于给了我能够思想的力量。

能够思想着是美丽的。有力量思想的人也必是幸运的吧？

我感觉到了幸运，这幸运来自一个完整的《思想者》；我感觉到了幸运，还在于在《思想者》面前我与我的两位同行不期而遇。他们是山西作家李锐和蒋韵夫妇，他们说，他们也是专门乘火车赶来北京看罗丹的。虽然山西、河北两省相邻，我们却已有几年不见。

我们惊喜地互相注视着，眼前掠过着陌生的观众，身后有《青铜时代》《加莱义民》和克洛代尔美丽的躯干。罗丹包围了我们，令我们忽然意识到，我们本是共同赴了罗丹之约而来，只有罗丹才有如此的魅力吸引我们从各自的城市聚到这里。

我们惊喜地互相注视着，不提罗丹，也不提他为我们创造出的一切神奇。我们甚至没说什么话，我好像害怕这份奢侈的突然消失，又仿佛在罗丹面前我们无须语言，我们都已明了思想着才是美丽的。

人生的奢侈却原来是极为有限的，《思想者》们能够远涉重洋落座于古老的北京已经不易，我能够亲眼目睹这些人类的奇迹，我还能够在这奇迹面前与久违了的外省友人相遇，这已算得上是人生的奢侈之一。要紧的不在于这奢侈转瞬即逝，要紧的在于你真的奢侈过，即使罗丹已回故乡，即使友人也离你而去。

入冬时节，蒋韵从山西打来电话又说起罗丹，她告诉我说，我们去看罗丹那天是三月十日，那天是她的生日。

我一直相信，在我们各自的心里，都深深地感谢着罗丹。是罗丹约会了我们，是共赴罗丹之约，使我们得以收获悠远而长久的思想时光。

1993年10月30日

黄金与钻石

林肯·道格拉斯小学是伊利诺伊州福雷堡的市立小学。远在一百三十五年前，该州的共和党人林肯和他的竞选对手——民主党领袖道格拉斯曾在福雷堡作过多场精彩的竞选辩论。林肯精明强干、头脑敏捷且为人公正，是伊利诺伊州最卓越的律师之一。道格拉斯身材矮胖，被称为“矮小的巨人”。他是一位著名演说家，能言善辩，毕生鼓吹美国扩张政策。竞选结果是林肯战胜所有对手成为美国第十六任总统，他那著名的解放黑奴的《宣言》亦使他成为美国最伟大的总统之一。可以想象当年这两位各具特色的人物的辩论会吸引多少伊利诺伊州的选民，直到今天福雷堡一家美式快餐店门前还有表现他们两人激烈辩论的两尊铜像，因为快餐店门前的小广场即是当年他们辩论的地点。市立小学起名为林肯·道格拉斯，也是为了纪念这两位著名的伊利诺伊州人。

这天下午，我应邀来到这所小学。迎接我的校长是一位和蔼的金发中年女性，她告诉我，小学校的同学们从来没有见过中国人，她说您的到来使同学们兴奋不已，一会儿他们会有很多事情向您提问。我对校长说，遗憾的是我在这里只有六十分钟时间，离开学校我还要赴另一个约会。校长说："我已经为您做了安排。为了在有限时间内满足不同年级的孩子和您谈话的要求，我们从四年级到一年级分别为您选出一个班，您和每班交谈十五分钟，您觉得怎么样？"我觉得校长的安排很科学，便愉快地应允，并在校长陪同下开始了我在不同班级间的"巡回"访问。

我首先走进四年级的教室，最惹眼的是悬挂在教室墙上的五彩缤纷的飘带，飘带上写满了笔画生疏的中文大字："中国"和"女"。对于这个对中国所知甚少的小城学校，这是向我致以的最为简洁、热烈的欢迎辞了。我来到黑板跟前，黑板上挂有一张巨大的世界地图。于是我就这张地图开始了我的开场白，我说了我的姓名，告诉同学们中国在亚洲，有十二亿人口。我指着地图上河北省的位置说我的家在河北，我就是从河北来。我说："听说你们有许多事情要问我，现在我非常乐意回答大家的提问。"班主任这时鼓励大家说："铁凝小姐在我们班只有十五分钟啊，请同学们勇敢些。"班主任话音刚落，热烈的提问便开始了。全班二十多个同学，几乎没有不提问的。他们的提问大都由"中国"二字开始："中国有多少个节日？""中国过圣诞节吗？""中国有多少种车？""中国的车有自动换挡的吗？""中国一个家里有几个小孩？""中国的大人让小孩喂养小动物吗?”“中国人为什么晚上还吃米饭?”“中国字好学吗?”“您用什么字写小说?”“请给我们讲一个你写的故事好吗?”有个男生还大声地问道:“请问中国有中国饭店吗?在我们这儿可是有一家中国饭店,菜很好吃!”从这些接连不断的提问中我感受到孩子们对于了解中国的渴望,也发现他们对中国的确知道的不多。我尽可能简明、利落地回答他们的提问,并向他们介绍当今中国大人和孩子的生活。他们听得入迷,不时发出惊叹。当他们再次要求我讲一个自己写的故事时,我用五分钟讲了《哦,香雪》。中国少女香雪美好、淳朴的心灵使在场的孩子们都静默了,几个女生眼里含着泪花。

十五分钟很快就过去了,当我离开这间教室时,全班同学围上来拥抱并且吻我,许多孩子把一些小纸条放在我手里,每一张纸条上都写着“I Love You!”班主任对我说,这实在是一次令人难忘的聚会,她说她想告诉我,教室的飘带上那几个中国字是她和同学们一道花了三天时间才写成的,中文即使对于她这样的成人也是很难的。但是这个班的同学将开始学习中文,因为我的到来,我和大家的交谈,使同学们对中国充满了向往。

接着我来到三年级和二年级,其中二年级那个班正在学习日本礼仪。当我走进教室时,他们全体起立,双手合掌用日文向我问好。这两个班的同学提问更加踊跃,他们互不相让,甚至不等我回答,他们之间就先争论起来。比如一个男生问:

“中国有海洋吗？”另一个男生马上打断他说当然有，因为他在电视里见过一家中国人在吃鱼，没有海洋怎么会有鱼呢？

最后我来到一年级的教室。我要说一年级的教室实在舒适，它更像一间小游艺厅。这里没有规规矩矩排列的书桌和椅子，桌椅都分散在屋角。地上是松软的地毯，同学们随意坐在地毯上，一些随手够得到的玩具就散落在他们身边。我向席地而坐的同学们问了好，其中一个穿黑色灯笼裤的七岁小男生站起来对我说，他穿的是条中国裤子，他正在向一个日本老师学习中国功夫，因此他要用中国方式向我表示欢迎，他说完向我深深鞠了一个躬。同学们为他鼓起掌来。另一个男生马上告诉我，说他们家也和中国有着某种关系，说：“我家珍藏着一双中国筷子，可惜的是到现在我也不会用。”一个戴眼镜的男生煞有介事地说：“中国的事情我知道一些，中国人应该少生些小孩，因为生的小孩多，造的房子就要多，造那么多房子要砍多少树啊，生态平衡被破坏了，可怎么得了？”一个七岁的美国男生大谈中国的人口和生态平衡，的确让人意外。我对这男生说：“你的分析很有道理，你担心的事情也正是我们的政府在努力解决的问题。”又一个瘦弱的男生不甘寂寞地发表议论说：“我认为，无论如何中国和印度都是了不起的国家，因为它们有悠久的历史啊。”我对这男生说：“这位先生看上去真像个历史学家呢！”同学们大笑起来。

我一边回答学生提问，一边倾听他们的见解，一边想到今天一个有趣的现象，那便是随着我访问的年级的不断降低，孩子们对中国的了解却不断增多，我想进一步和他们做些探讨可能是件有意思的事。可惜我的访问时间已经超过了预定的六十分钟，为了不影响下一个约会，我向同学们告辞。当我走出学校时，四个年级的同学都出来送我。一个金发蓝眼的男孩守候在校门口，在他同学的陪伴下走到我跟前，把他的一件小礼物送给我。这是一匹五厘米长的铜铸镀金小战马，马头上生着雄赳赳的朝天独角，马的肚子由一段剔透的“钻石”镶嵌，它就像神话传说中古战场上的一个人物。那男孩这时已跑向远处诚恳而又害羞地看着我，似是怕我不收这礼物。我收下了这小马，走到孩子跟前吻了他。

在归途的车上，我摊开手掌再次凝望这小小的战马，战马在辉煌的夕阳照耀下释放着温暖的光芒。我发现我忘记了问那男孩的姓名，但又想，我记住的也许是人间所有孩子的纯净的目光。沐浴孩子们纯净的目光是一件幸事，它应该能够清洗我们成人身上那征战生活的灰尘。

回国之后，我的一个美国朋友偶然见到过这匹镶嵌着“钻石”的镀金小马，我给他讲了这小马的故事。他对我说，他可以肯定那男孩是把他最宝贵的财富给了我。他说他也有过男孩的年龄，那时他曾在院子里挖出过一块半透明的石头，他坚信他发了财，并且坚信那块石头值六百万美元。他把那石头秘密地收藏过很多年。

应该说，福雷堡的男孩送给我的实在是属于他的黄金和钻石。也许这是迄今为止我收到的最为贵重的礼物。

在纽约逛旧货市场

希尔顿饭店位于纽约曼哈顿繁华的五十三街，我和我的翻译陈先生从华盛顿到达纽约后，被安排住在这里。这个四星级饭店有一种漠然的古典豪华气派，但我并不喜欢这儿。这儿的房费是我在美国住过的饭店中最贵的，每日一百四十美元。我被告知因为我是贵宾所以才需住在相应级别的饭店，并付这个价钱的房租。又因为我是贵宾，当我在前台登记之后，还从一个面孔冰冷的黑人服务小姐手中，接过一个该饭店赠送的系着缎带的大礼品盒。回到房间我打开盒子，里面不过是些小包装女用化妆品：几粒精华素啦，一小支牙膏啦，还有泡沫浴液、面膜、洗面乳等等。与其说这是给贵宾的礼物，不如说是厂家通过希尔顿这样的大饭店在向顾客推销他们的产品。冰冷的黑人服务小姐和这些华而不实的面膜、浴液，都令我不愉快。陈先生与我颇有同感，他说他知道附近有一家华人开的酒店名叫阿灵顿，很干净，价钱也合理，我们何不与那里做个联络？当即他就给阿灵顿酒店打了电话，巧的是那儿正有两个空房间，每间房费七十美元。第二天吃过早饭我们便整理行装辞别“希尔顿”前往“阿灵顿”。在电梯里遇到两位老妇人，我们笑着互问“Morning”，其中一个老妇人对我们说：“真难得在纽约这样的空气里看见你们这两张快乐的生气勃勃的脸！”

阿灵顿酒店在二十三街，房间整洁实用，出门后交通也方便。它的对面是一座南斯拉夫教堂，不远处便是尽人皆知的帝国大厦。当世贸中心那两座筷子样的建筑没有出现之前，帝国大厦便是纽约的象征。南斯拉夫教堂西侧是一个多用小广场，平时它是停车场。星期六和星期日则成为露天的旧货市场。这天正好是星期六，我和陈先生正因搬到理想的酒店而心怀喜悦，便商量好步行到这儿逛市场。

这个旧货市场的摊主们主要经营古玩、银器、铜器、旧书、旧画、旧家具以及品质可疑的珠宝首饰等等。迎合着世界性的怀旧心理，这儿的有些旧货往往不比店里出售的新东西便宜。今天这儿很热闹，大约有二百个摊位，每个摊位租金是五十五美元。星期日是七十美元。我来到一个卖铜烛台的摊主跟前，给他和他那形态各异的一片烛台拍照。他不失时机地送给我一枝白色康乃馨，并向我兜售他的烛台。我说太贵了我买不起，他问我：“你是个学生吗？”我说我是作家。他乐了，说他也是个作家，写科幻小说，向往过去和将来，一本书写了好几年了到现在也没写完，说他还会继续写下去，说坐在一片旧货之中有助于他对小说的思考。我认为他说得不错，却终未买他的烛台。他并不在意，还告诉我最近纽约又开了几处这样的露天市场，他建议我不妨去转转。

又有一片崭新的银器吸引了我，这些摊位的摊主大都来自俄罗斯，他们的银器出自俄罗斯灵巧的银匠之手，很新，很华美，很贵，一只镂花银咖啡壶要价二百五十美元，等于我从华盛顿到纽约的机票。我只能望壶兴叹。一个俄裔犹太女摊主撺掇我买她的一只银烟碟，当她得知我是作家，还跟我大谈俄罗斯艺术。照她的观点，十九世纪的俄罗斯艺术远远高于二十世纪，到了现在已是停滞阶段。“人没了艺术还有什么意思？”她对我说。她还说现在俄罗斯问题太多，中国也有中国的问题，就是人多。我看着她那双粗糙的手，指甲黑黑的，很感慨就这么一位黑指甲的卖银烟碟的犹太女人，能对艺术发半个小时议论。我也没买她的货，我是个吸烟的强烈反对者。

陈先生对我感兴趣的东西一概不感兴趣，他感兴趣的是书，在一个个旧书摊上翻个不停。我知道他或许是在寻找与英国十八世纪哲学家伯克有关的书，他正在做关于伯克的研究。最后我陪他来到一个文质彬彬的摊主跟前，我们得知这摊主是位大学教授，在大学教英国文学和哲学，每星期一至星期四上课，星期六和星期日来这里租摊位卖书。教授说他卖的书都是他多余的，喜欢的一概不卖。有时他也从别的教授手中买他们没用的书然后再拿出来卖。我问他：“您作为大学教授出来租摊位卖书不难为情吗——比如您的学生如果正好在这儿碰见您。”他睁大眼睛说：“那有什么关系？这是我高兴做的事。我的学生如果高兴，我愿意跟他合伙儿卖。”教授把我们说乐了。

陈先生也参加着我们的聊天，但他的注意力更多地集中在眼前的书上。后来他竟然真的找到一本与伯克有关的书——伯克友人回忆伯克之类吧。陈先生翻开书的扉页，见摊主在上面用铅笔标了五美元，便拿出五美元递给教授。教授说：“我想两美元卖给你。”

陈先生说：“那怎么可以，还是五美元吧。”

教授说：“我只想要两美元。”

陈先生说：“我应该付五美元。”

一时间，两人竟为书价“争执”不下。最后，这教授干脆说：“我一美元也不想要你的了，请让我把这本书送给你，我知道你非常喜欢它。”陈先生十分感谢教授的好意，两人当即还互留了电话。

下午五点左右，摊主们纷纷收拾东西准备回家，教授也将他的书装入纸箱搬进他的汽车。我不知他今日赚了多少钱，是否赚回了他的摊位租金，但他有一个收获我肯定没有猜错，那就是将陌生顾客喜欢的一本书送给了那陌生的顾客。

天色已晚，夜幕下帝国大厦的灯光把它自己照耀得几乎通体透明。往昔的威严已然消失，神秘的浪漫风貌还能引人遐想。我在亚特兰大曾看汤姆·汉克斯（《阿甘正传》主演）主演的《西雅图失眠》，它描绘的便是以帝国大厦为背景的一个浪漫爱情故事。浪漫的爱情或许是全人类不衰的主题，但我怀疑在纽约这样的城市，在冷漠、空洞的希尔顿饭店和高不可及的帝国大厦这样的地方，当真能产生浪漫爱情吗？——是爱情，不是肉欲。相反，在帝国大厦俯视之下的这嘈杂的旧货市场，倒是有点儿活人的气息。这儿有谎言，有欺瞒，有云山雾罩的闲扯，但也有陌生人之间相互奉送的好意。

华盛顿的“文学疗法”

在这样一个美丽的同时又险恶多端的城市，一个平静的然而犯罪率极高的城市，这样的一个政治都市华盛顿，关注总统和白宫的人数也许远远超过议论文学和作家的人数。作家和文学在这里被挤压到一个狭小的不起眼的角落，有时候你觉得生活在这里的诗人、作家不过是在那儿自得其乐——当然，写作的本质也自有它自得其乐的一面，乐在作家与他们创造的故事之间罢了。但是，当我到达华盛顿之后，很快就有人告诉我，华盛顿地区活跃着一个作家工作团，这个工作团的工作就是用文学给人治病。它的活动居然还得到NEA（美国国家基金会的简称）的重视，NEA为工作团提供经费。

身为作家，我从来不认为文学有医治人类病痛的伟大功能，也不了解华盛顿的作家工作团用什么方式去给什么样的人治什么样的病。可我知道我将在NEA和该委员会的文学部主任麦克·谢有一次会谈，我很感兴趣于这次会谈。

NEA所在地是一座古老的哥特式建筑。一百年前它是华盛顿的老邮局。大门前盛开着郁金香，还有一尊本杰明·富兰克林铜像。这个戴着假发套的智慧的瘦老头，他微微地抬起右手，手掌向前伸开，不知是抵御着什么，还是解释着什么。虽然他被放在这里同NEA无关，但NEA似乎是靠了富兰克林的“抵御”和“解释”才得以生存，这使得NEA反倒有几分苟且偷生的味道。

麦克下楼来迎接我。这是一位银发红脸的中年先生，爱尔兰后裔。像大多数爱尔兰人一样，麦克也爽直并且性急。刚走进办公室，他就迫不及待地向我讲起他们目前的困境。他告诉我，NEA的经费通常由联邦政府提供，去年NEA文学部得到的经费是四百五十万美元。他们用这笔钱奖励文学艺术界的天才，赞助艺术演出团体和作家工作团。但是好景很可能不长，现在共和党的有些议员为了迎合右翼纳税人的情绪，否定艺术的公共价值以便为自己拉更多选票，便不断给联邦政府施加压力，一开会就提出削减甚至取消赞助文学艺术的钱。

我还是将话题引向作家工作团。麦克说，作家工作团是一九九四年在他和几个青年作家的联合倡议下成立的，它的成立是受到20世纪60年代肯尼迪总统倡议的青年和平工作团的启发。当年的青年和平工作团就是以帮助穷人改变处境为目的，而今天的作家工作团，是吸收那些有奉献精神、热心公益事业且关注下层民众的青年作家，定期为医院里、收容所里以及流落街头的心灵受到伤害的人们做治疗。确切地说，他们启发和鼓励自己的患者投入到文学创作中去，用写作手段来宣泄内心，表达自己，减轻灵魂的压力。看来他们的工作既有文学属性，又有心理医生的特征，或者比心理医生的工作更具可操作性。工作团作家们的报酬很低，每年一万美元左右，一家公司职员收入的三分之一吧。NEA还是设法给这些作家志愿者以更多的回报，如给予他们医疗保险和进大学深造的优惠条件。说到这里，麦克又开始指责政府对他们的忽略，他说，即使是这样有意义的事，一些政客也不愿他们存在，官方常称：既然作家们都是志愿者，那就让他们完全志愿下去吧！麦克却坚持认为，一个社会其实是靠了少数作家支撑着人性的高贵和文化良知的，“你以为怎样?”他问我。

我不能说人性的高贵和文化良知仅靠作家来支撑，但作家存在于社会的意义，的确与捍卫人性的高贵和文化良知紧密相关，无论是通过自己的写作，还是通过鼓励别人写作。

当天下午，我去访问华盛顿作家工作团。这是一个由十二名青年作家组成的团体，十二名作家又随时化整为零分成小组。我见到了工作团成员吉妮和依曼妮，她们两人一组，过一会儿我将跟随她们去一座教堂的地下室，给一些无家可归的女人上课。吉妮是个瘦高的少女，出版过两本小说集，她的长过腰际的满头金发使她看上去像条美人鱼；依曼妮是个黑人女孩，诗人，正在研究老子，她快乐的脸上有两个酒窝，酒窝使她的脸更显快乐。我向吉妮和依曼妮提出了我的一些问题，比如她们教授的对象大都有些什么样的经历，比如她们用什么样的教学法来教这些人写作，比如她们每星期给学生上几次课。吉妮说参加她们写作课的女人，有受丈夫虐待离家出走的，有被家庭遗弃的，也有自幼心灵受过创伤的，还有一些精神不太正常的。依曼妮接着说，对于这些“患者”她们没有固定的教学法，她们的方法是灵活多样的，她们的目的不是让这些女人变成作家，而是用文学影响并改变这些女人的思维和心境，让她们用新的眼光肯定自己、看待生活。这种治疗活动（授课）大约每周两次，每次一小时。

我和吉妮、依曼妮去教堂。路过一个咖啡店时，她俩请客，每人买了一大杯咖啡。吉妮向我解释说，那座教堂的地下室是没有水的。我们端着热腾腾、香喷喷的咖啡在大街上走——在美国，你经常能够看到端着咖啡在街上急匆匆走路的人，咖啡被盛在带有盖子的纸杯里，那给人提神的气味仍然钻出杯口的缝隙在空气中飘溢。大街上这样的形象通常不是无事闲逛，相反总给我一种诸事在身的感觉。吉妮和依曼妮端着咖啡走得很快，步伐欢愉而又昂扬。在五月的夕阳之下，这美好的景象使我难忘。

我们在一座黑沉沉的天主教堂跟前停住，从旁门进去，穿过一个嘈杂的大厅，那儿聚集着一批流浪女人，她们正排队领取教堂提供的免费晚餐。然后我们走进一间大约十五平方米的地下室。地下室四壁雪白，屋角有一书架，沿墙一圈沙发，沙发正中一张矮方桌。我发现地毯和沙发都不太干净。这儿聚集着吉妮和依曼妮的七八个学生，她们正安静而恭敬地等待着老师到来。她们当中除一个年轻的白人外，其余都是黑人中年妇女，有一两位显然精神不太正常。吉妮和依曼妮简短地和学生打过招呼，然后像变魔术一样从手提袋里掏出一堆吃的，是犹太人的一种名叫“贝狗”的食品和忌司以及炸薯条，“贝狗”类似中国的发面火烧。吉妮跪在地毯上把“贝狗”切开，抹好忌司一份一份递到那些女人的手中。她不是施舍，她看她们的眼神有一种平等的爱意。她邀请我也吃一点儿。我喜欢“贝狗”，但此时我并不想吃。吉妮说你最好还是吃一点儿，咱们大家在一起吃点儿东西彼此情绪就放松了，气氛也会很快地融洽。至此我才明白原来讲课已经开始，先吃点东西便是这种写作课的第一个程序。这个程序的确使师生之间很快随便起来。

接着是在老师指示下学生每人一段的自述，内容包括姓名，从哪里来，你最喜欢的人和事……这显然是一项锻炼表达能力和信心的练习。尽管已经吃完“贝狗”情绪理应放松，但她们说话时还是有些紧张，我猜大约是因为有外国人在场。但她们的表达非常认真，她们几乎都说上帝是她们最喜欢的人。只有一个人说她喜欢吉妮和依曼妮，是她俩使她们这些苦恼的人看到了希望，要是有一天她的作品能在《纽约人》发表，她不知要怎样感谢她俩。作为旁听者，我也被邀请作自我介绍。

我说我来自中国，我有着与你们不同的语言和肤色。但有一点我们是共同的，那就是我们都是人。实际上每个人都是独特的，每个人都有表达自己的权利，而我喜欢的人就是你们大家。在场的人为我的话而鼓掌，离我最近的那个最年长的女人拥抱我，她们感谢我的发言把这些凌乱的心做了连接，她们愿上帝保佑我。

气氛明显地活跃起来，下面是由依曼妮为大家朗诵事先准备好的几段诗句。她朗诵之后大家还要一同朗诵，这也是授课内容之一，让每个人都沐浴诗的意境：多么美丽啊，太阳在那儿照耀；多么美丽啊，我看到了我们人民的心灵……这些女人眯起眼睛无比虔诚地朗诵着："多么美丽啊，太阳在那儿照耀；多么美丽啊，我看到了我们人民的心灵……"那美丽的太阳或许真有一瞬间在她们心头照耀？

写作练习当然是写作课的重要内容。这时吉妮拿出了一沓图片，她对学生们说，今天我们的写作练习是每人从这些图片中任选一张，假想你与图片上人物、动物或景物的关系；你还可以假想图片上的人物的命运；一座老房子，像你去过的什么地方呢？……然后大家以下列方式表达：诗歌、小说、一封信、日记或者假装你要给某家杂志投稿——写篇散文，关键是你必须发挥你的想象力。现在我给你们二十分钟时间，写出文章提纲并且当众朗读。

最先举手报告提纲已写完的是那位显然精神不太正常的女

人。她选择了一张猫的画片，她把自己假想成图片上的猫，她用第一人称来表达这猫的一些想法，她还给猫起了个名字叫作司莫基。她说司莫基来自非洲，亲切而又超然，白天它只是旁观生活，在每天的夜里两点，它去玩电子游戏。它蹦来蹦去自己和自己玩，它想人有人格我也有猫格啊，谁也不知道我的猫格是什么，因为当人们入睡之后我才开始寻求我自己……这个女人，当她表述她编造的这个故事时，她一脸的天真和迷醉。有时候你的确觉得，只有在少数精神病患者的脸上，你才能找见与人类相隔已久的决然的纯净。她的故事也许幼稚，但她的激情却非常真挚，谁又能说那只名叫司莫基的猫身上没有这女人迷惘的过去呢？

又有一些人陆续地朗读了自己的提纲，那个拥抱我的老女人挑选的是帧女人肖像。她坚持说图片上的肖像是个女画家，一生备受苦难终于大器晚成的女画家，因为她的脸上有悲也有喜，使人想到我们也许确实要经历苦难才会产生美妙的艺术。这老女人说她要学习这女画家，她今年快六十岁了，没准儿她也会大器晚成，她有的是苦难，而今她不再害怕它们，因为世界是博大的，比她的苦难大得多……在场的人又开始为这个老女人鼓掌。

写作课结束了，吉妮要大家下次上课把写好的作品带来，她和依曼妮会给这些作品打分，如果文章确有光彩，还会有在作家工作团的文学杂志上发表的可能。我想这种杂志大约类似中国的内部刊物吧。

学生们先于我们离开了地下室，分手时她们一一过来拥抱我，说着吉祥的祝福的话。我也拥抱了她们，想着吉妮跪在地毯上给她们分切“贝狗”的情景，我的拥抱变得自然和亲切。

我和吉妮、依曼妮互相望着，我们似乎都明白在这间地下室里，可能永远也不会有人脱颖而出成为作家，但文学的确在改善着她们的心灵，哪怕只是瞬间的、短暂的。

曾经有过就应该说值得。

工作团年轻的作家在这样的教学过程中，也接触、了解和理解了形形色色的普通人，这对于日后他们自己的写作，对于磨砺他们敏感、宽广、富于同情的内心，又何尝不是一种货真价实的体验呢？

还记得吉妮也对我说起联邦政府经常检查她们的项目，检查她们授课的表格。吉妮说，一个人通过文学丰富了灵魂，心变得广大起来，心的广大是表格无法显现的。“那些政客，”吉妮也喜欢说“政客”，“他们怎么会有时间和耐心倾听一个普通灵魂的变迁呢！”

我没有再和吉妮、依曼妮多谈，因为她们当晚还要赶去一家医院上课，听说那儿的学生也多是女人，精神有毛病的女人。为什么她们的治疗对象差不多都是女人呢？这使我想到华盛顿患病的男人一定不少于女人，但女人似乎尤其喜欢选择，或者说更加适应用文学的方式表现自己、解脱自己。是女人赋予了文学更多的坦诚、轻信、神经质的纯净和有时候比现实更美的憧憬——这是一个话题，但这个话题显然并不属于这篇文字。

史蒂文森郡的乡间聚会

黑尔斯夫妇家住伊利诺伊州的史蒂文森郡，他们经营一片规模不大的牧场，饲养肉牛和马，我从芝加哥来到这里，应邀在黑尔斯家小住。

黑尔斯夫妇年逾七十，身体很硬朗。白天黑尔斯先生领我去牧场看望他的牛群。牧场青草肥嫩，牛群闲散而又自在。有两头昨天才出生的小牛被它们的母亲看护得很紧，我想前去问候小牛，母牛们立即奔过来用身体挡住它们的孩子，并向我发出不悦的吼声。我笑着对黑尔斯先生说："您看，全世界的母亲都是一样。"

在牧场上，黑尔斯先生对我讲述了他的过去：第二次世界大战时他曾参加美国陆军准备出击日本，后来美国向广岛、长崎投了原子弹，黑尔斯先生就不用再去日本了。然后他念了大学，获得园艺学硕士，毕业后回到家乡一直教授园艺。他抓起一把牧场的黑土对我说："我退休后儿子要接我们去城里，可是你看这是多么好的黑土啊。虽然我只不过是一个小小的农场主，养马养牛也赚不了什么钱，可我喜欢土地。”

晚上吃饭时，黑尔斯夫妇不断同我谈起美国农业面临的问题。黑尔斯先生说，美国从事农业的人口为全美人口的百分之三，一个美国农民可以养活一百六十个美国人，并且还负担部分粮食出口，这是一个乐观的数字，何况政府给予农业的补贴也非常优惠。现在的严重问题是水土大量流失，一些大农场主只顾眼前利益，一味向土地要收获，却并不在水土保持上投资。另外，更年轻的一代人有许多也不愿意像父辈一样从事农业了。不过，也有一些在外面念了大学，又主动返回家乡为振兴农业奉献自己的大学生。黑尔斯夫妇向我介绍了此间一位在中学教农业的女教师，她把她的几位毕业后立志从事农业的学生组成小组，以各种形式定期在乡间宣传发展农业的意义。现在小组成员都是一个叫作“美国农业未来协会”伊利诺分会的会员，据说这个协会在美国已有八十年历史，后来中断了活动，近年在有些州又重新兴起。

有一天黑尔斯夫妇对我说，当晚在郡中学餐厅有一次全郡农家的聚会，主题是农业的前景，组织者便是史蒂文森郡农业小组的那几个中学生。黑尔斯夫妇问我愿不愿意和他们一起前往，我说我当然愿意。

这种聚会别开生面，与会者讨论美国农业，会后还有丰盛的晚餐。菜肴和点心由与会者自己提供，每个家庭都要准备一至两个菜或点心与大家共享。黑尔斯太太下午就开始烧菜了，她用电砂锅炖了一锅香喷喷的土豆胡萝卜烧牛肉，她让我来鉴尝味道，我尝过之后说，它应该是今晚最出色的菜。黑尔斯太太说："也许别人家还有更好的菜，不过我养的肉牛可是本郡最精彩的。"

晚上七点钟，我和黑尔斯夫妇开车来到郡中学。当我抱着电砂锅，黑尔斯太太拎着盛有餐巾、刀叉和盘子的柳编篮子走进学校餐厅时，几个身穿蓝色制服的男女学生已经站在门口迎接我们了。黑尔斯先生向我介绍说，这就是农业小组的几位领导人：一个主席，两个副主席，还有一位秘书长。他们的制服是自己特制的，胸前和右臂都有"FFA"字样（美国农业未来协会缩写）的彩色刺绣标志。这种装束显示着他们对于自己事业的看重，也给聚会带来一种庄严的气氛。我观察主席、副主席们，看上去他们大约十六岁或者十七岁，虽然头发梳得光亮，还用了摩丝、发蜡之类，似乎以此表现成熟，但脸上仍透着稚气。秘书长是一个名叫巴尔根的满脸雀斑的女生，她热情地同我打招呼，并把三张写有编号的请柬分送给我和黑尔斯夫妇。

这时史蒂文森郡的二十多个家庭差不多到齐了，有夫妻双双前来的，也有父母带着儿女的，还有年轻的母亲怀抱婴儿。各种各样的锅和篮子都摆上了长长的餐台，还有人带来鲜花放在主席台上。

严肃的主席用橡皮锤"当"地敲了一下桌面，会议开始了。第一项议程是几位领导人分别向来宾报告自己一年来“促农”工作的情况，作为听众，我认为秘书长巴尔根的工作是出色的。她说立志农业从中学就应该打基础，因此她主动要求负责照料家中的八匹马，并且她经常利用课余时间陪同兽医为一些农家的牲畜治病，她甚至在这种实践中学会了为母马接生。会议的第二项议程是请一位从本郡出去的、现在州立大学教书的年轻教授讲述发展农业的重要性。这是一个能言善辩的年轻人，他用诗的语言解释土地和人的关系，他的幽默和他带来的高密度农业科技信息显然是此地人所需要的，因此他的演讲不断被掌声打断。第三项议程是表扬一年来在各方面支持农业小组的家庭和个人，主席念到谁的名字，谁就站起来向大家致意。黑尔斯夫妇也在受表扬之列。第四项议程是家长代表讲话，讲话者便是主席的母亲。她说她为她的儿子感到骄傲，她为农业小组为发展本郡农业所做的努力感到自豪。她说：“我们的孩子已在为土地奉献着自己，我们每一个家庭没有理由不接受我们的土地，没有理由不热爱我们的马、牛、猪、鸡……我们的玉米、小麦……”最后一项是带有游戏性质的抽奖，这时主席退位暂时休息，由一名副主席上台宣布中奖者的号码。他要求每位来宾看好自己手中请柬的编号，然后他开始公布中奖者。每个中奖者会得一份小礼品：一小盆鲜花、一套厨房用的刷子或者一个笔记本。面对这些微不足道的奖品，每个领奖者的表情却很庄严。最后一个中奖者恰好是巴尔根的父亲，奖品是一本巴掌大的笔记本。巴尔根将本子交到父亲手中，父女俩认真地互相感谢并且握手，台下的邻人们鼓掌大笑起来，气氛达到了空前的热烈。

这时主席宣布会议结束，晚餐开始。主妇们纷纷打开自家的器皿，几米长的餐台立即呈现出一片绚丽，让你感觉到每个家庭都在这一年一度的聚会上竭力展示着自家的烹饪才能。有趣的是今日晚餐居然没有重样的菜，仿佛是家家预先互通了信息。大家拿出自带的餐具，兴高采烈地边吃边聊，述说着各自的近况。黑尔斯太太的土豆胡萝卜烧牛肉的确惹人注目，她的电砂锅是最先被吃空的。我为我的预言自豪，若是赌今晚最受欢迎的菜，我必定中奖无疑。

聚会在十点钟结束了，结束之前，主席重返台上，他提议全体与会家庭面向设置在屋角的美国国旗宣誓。所有与会者同时起立，手捂左胸，对国旗说他们永远忠于它，忠于他们的国家，永远忠诚不说谎话……

这就是几个中学生自发策划和操纵的一次成人的乡间聚会。很难说这样的聚会对于美国农业的发展究竟有多么重大的意义，但每一种事业的发展，又仿佛必得有一批这样天真的热心人。正好比在美国，你常常发现越是在那些边远的普通人聚集的地方，爱国的热情尤其强烈。他们会随时把国旗插在家门口，他们也会随时向国旗宣个誓，即使提议宣誓的也许就是几个孩子。

散文精读·铁凝

对话

桥的翅膀*

今天的演讲是在规定的题目之下，题目是《桥梁与窗口》。我想分三个部分来讲述在我心中和文学有关的桥。

一、山谷水槽

就在一个多月之前，我在德国的时候，一位汉堡大学的华人老教授送给我一本他的回忆录，其中他写到了一座“桥”，留给我深刻印象。这位教授出生于中国一个有名望的家族，生在北京长在上海，之后又回到北京得到一份很优越的让人羡慕的工作。20世纪50年代后期，在一场大面积的政治运动中，他和许多中国知识分子一样，一夜之间突然成了人民的对立面。他被迫离开家庭、妻子和孩子，被迫去往偏远的西部青海省接受劳动改造。那里的生活非常艰苦，但他很快就适应了种

* 本文是作者于2009年11月25日在巴黎首届中法文学论坛上的演讲。

种艰苦，并和最底层的劳动者成为朋友。后来他在当地一家画报社做摄影记者，经常被派往深山区采访。有一晚他独自一人在陌生的山里迷了路，不知怎样才能找到他要去的村子。他在山上乱走了半夜，黑暗中还突然看见附近有一些不断增多的绿色光点，他遇见了狼群。他急中生智打开随身带的照相机闪光灯拼命冲着狼群闪烁，一边快步奔逃。当他暂时甩掉狼群时意外发现眼前出现了一座桥。桥的对面竟然传来狗叫，有狗叫就有人家。他欣喜若狂地借着闪光灯向桥上照射，这才看清原来那不是桥，是架设在两山之间的一段狭窄的大约30米长的木头水槽。他听见水槽里细微的流水声，水槽下面是幽黑的深谷。他无法知道那水槽能否承载他的重量，但他没有退路，他必须通过这水槽到达山对面，不如此，说不定他会被野兽吃掉。于是，他几乎毫不犹豫地奔向那水槽，他骑在水槽上，一分一寸地向前挪着自己的身体，水槽在他的体重之下不断发出似要断裂的吱呀声，让他随时觉得他已死到临头。可他并没有停止挪动，他终于骑着水槽到达了“对岸”。他昏了过去，天亮时才被村人发现。村人惊讶地感慨他的勇敢不可思议，他却说他勇敢其实是因为吓坏了。

有时候勇敢并不一定从勇敢中产生，对没有退路的恐惧也能激发出人自身所未知的勇敢。

我想到了作家对文学的创造。成功和成名会使作家产生满足感和安全感，而长久地在艺术上的满足感、安全感会让我们变得麻木和懒惰，使写作成为一种惯性。作家应该有能力使自己的写作遭遇危机，敢于让自己将要“死”去。敢于恐惧，也敢于勇敢，我们才有可能遇见创造之路上的山谷水槽——那逼迫你打破常规的桥，并乘着这“桥”的翅膀飞越绝境。

连接两座山的那段木头水槽当然不是人的合理的求生之桥，它也并不是目的本身。它的价值在于唤醒并激活人心深处超越自己的强烈意识，它考验你想要到达目的地的坚决程度。也因此，它作为桥的目的已经达到。

二、库尔贝和巴尔蒂斯

《为死者化妆》是法国画家库尔贝（1819—1877）的一张油画作品，并不是库尔贝最有名的画。这张画与那些能够鲜明表现他风格的名作，在气质上也有些疏离。但是，当我看见这幅画时，我有两个吃惊。第一，我为库尔贝多样的，甚至可能连他自己也未必意识到的巨大才华而吃惊；其次，我毫不犹豫地想起在他一百多年之后的巴尔蒂斯。

如果我们把巴尔蒂斯的《猫照镜》《玩牌》《凭窗少女》《三姐妹》甚至《凯西的梳妆》和库尔贝这张《为死者化妆》摆在一起，就不能不得出一个肯定的结论：使巴尔蒂斯确立风格和审美取向的最重要的资源，来自库尔贝；在绘画的内在精神上与之最能沟通的，是库尔贝。

我以为《为死者化妆》是库尔贝最具现代意识的写实作品，他在此画中对人类精神深处那种似真似幻的悲剧气息的敏锐表现深化了他的写实。不知为什么他忽然扔下这种从形式到内涵都十分高级的创造不管了，而他晚年所热衷的风景以及动物都被他画得比较难看。

巴尔蒂斯一直坦言他喜欢库尔贝，可我仍然想不到他会这么赤裸裸地将库尔贝的作品“拿来”。从形式到人物动态的特点，乃至那些困惑与警觉兼而有之的面孔，巴尔蒂斯对他们的“拿来”可谓是“活生生”的。在《为死者化妆》里，库尔贝对法国人精神深处某种气质的不事张扬的刻画，他们那有些飘逸的忧愁，有些既在事件当中又游离于现实之外的状态，温和的但却无法消除的别扭……20世纪的巴尔蒂斯将这一切发挥到极致（请原谅我在此用的这几个形容词，在法国同行面前这是危险的，幸好我只是就画论画）。巴尔蒂斯是一个成功的“剽窃者”，他用大师不经意的“下脚料”铸就起自己的辉煌，并使自己成为大师。至此，我在佩服智慧的巴尔蒂斯的同时，又有点替库尔贝惋惜：假如他循着《为死者化妆》发展下去，就不会有后来的巴尔蒂斯了。然而历史不能假定。

美术史家是否同意我这局外人的品头论足，我并不知道。我的喜悦在于，在阅读和对比这两位大师的时候，我产生了一种类似“侦探”般的欲望。我甚至还想问，为什么当年库尔贝对《为死者化妆》这样的在气质上明显高出他的有些名画的作品，不那么看重甚至不再继续了呢？是他本人的判断有误，还是因为这《为死者化妆》也是他受到过先于他的某人的影响了，越继续那嫌疑就会越大呢？于是他果断地避开了。

重要的还在于，我在这当中看见了一个大师从他的前辈那里“借”到了通向自己的江河湖海的桥。是《为死者化妆》这座对库尔贝来说极不显眼的小桥，接通了巴尔蒂斯重要的未来。

我们也许并不发明桥，但我们至少应该具备发现那真正可能属于自己的桥的判断力。

三、京剧《乌盆记》和地方戏曲

我曾经听过一出传统京剧，名叫《乌盆记》，讲的是中国宋代一个并不复杂的故事：有一个名叫刘世昌的商人结账回家，行至一处遭遇大雨，于是借宿在一个姓赵的人家。这家人见财起意，用酒毒死刘商人，将他的尸骨烧成灰又和在泥里制成乌盆——也就是黑色的尿盆。不久后乌盆被来赵家要账的人索去。一天夜里主人小便时乌盆突然开口说话，大意是说我其实是个人啊，请你不要往我身上撒尿。接着它向主人哭诉了自己的冤屈。主人听罢又惊又气，决心带着这个乌盆去县衙为它申冤。他们历经曲折，终于真相大白于天下，凶手得到惩罚。

我从《乌盆记》看到了中国传统戏曲中那极为先锋的一

面，这里有骇人的想象力，依托着更加结实的民间根底，调侃、幽默和正义藏于其间。而真相往往并不在权贵的手里，真相更有可能就在凡俗的器物——比如一只尿盆那里。

我在最传统的东西里发现了最现代的，《乌盆记》算得上是古老，但在艺术上抵达更有活力的新大陆，说不定要借助的正是古老的旧桥。

一位已经谢世的老作家，曾经对我讲起一出地方小戏感动他的细节：封建社会的旧中国，青年男女不能自由恋爱，更无法当众相互表达爱慕之意，一位乐意促成他们爱情的长者便当起牵线搭桥的人。在舞台上，那一对男女四目相望人却不能靠近，这位长者的“搭桥法”是把那男人和女人无形的眼光像有形的丝线一样一束一束地收集起来，捏在手中将它们衔接，并以舞蹈的手势做着复杂而美妙的编织，好比织渔网，或者织毛线。观众完全相信这舞台上的浪漫，并从这没有语言的编织里体会着那一男一女相互传递的意韵悠长的爱意。原来眼光也是可以编织成桥的，观众就踏着这情意绵绵的“桥”，走进了剧中人的心。

在我的故乡河北有一出地方戏名叫《借髢髻》（髢髻是已婚妇女装饰用的假发髻），讲的是旧时乡村的两个妇女为了借不借髢髻而发生的一场极其琐碎的对话。一个名叫小四姐的妇女进城赶集，去邻居王嫂家想借她的髢髻打扮自己。王嫂很不愿意把髢髻借给小四姐，为此她大段大段地诉说着那不借的理由。她由远及近，从出生、长大到结婚生孩子，从做饭、砍柴、打草、喂猪、纺棉花、拾麦到伺候一家老小，到刮风下雨、烈日冰雹，再到婆媳纠葛、亲戚恩怨。甚至某日她丢了一只正在下蛋的鸡，一定是某人所偷；又一个某日她好不容易将一车柴火拉回家，被一场暴雨淋湿了，害得她点不着柴烧不熟饭……女人过日子容易吗？日子苦啊要精打细算啊，精打细算就顾不了自己，多少年我都没给自己做过新鞋新衣……整出戏快要完结时王嫂才绕到这出戏的关键词：那个髦髻。于是又是大段地叙说。说到买这个髦髻的过程，多么舍不得买多么舍不得用，再拐到丈夫的朋友尽是在河边拉纤的，苏州杭州通州扬州，人托人好不容易从苏杭二州给她买回了花髦髻。她是藏在柜里怕老鼠咬了，放在枕头边怕睡觉压了……总之小四姐我把话都说成这样了你还真好意思借走不成？小四姐真就不好意思再说借了，再说借差不多已经关乎王嫂的身家性命了。就在小四姐已经想要放弃时，王嫂却又不忍心不借了，最终她决定把髦髻借给小四姐。接着又是一大段对她的嘱咐，嘱咐她应该怎样爱惜这个髦髻：遇到风时当怎样，遇到雨时当怎样，赶集路上穿过枣树林，你骑着驴当怎样才能不让枣枝钩挂了我那髦髻……

一出小戏，两个女人，无穷无尽的琐碎和絮叨。只因这琐碎和絮叨蕴含了日常生活可以触摸的质地，观众听来竟不觉厌烦。我常常感叹这琐碎的精彩和鲜活，原来人是这样说话的，女人是这样说话的。

我从《借髢髻》发现，语言和目的之间的距离可以很短，也可以很长。如果语言是通向目的之桥，王嫂用层层叠叠的叙叨为自己的目的搭建了一座曲折的长桥，她在这长长的桥上，淋漓尽致地铺陈着内心。她那大段的叙述与其说是告诉小四姐不借髢髻是多么有理，不如说是在为自己的不借感到不安。话越多，其实不安就越多。她的小气便不那么简陋，她的善良也不那么单调。当现代人越来越少直接面对面说话时，说话对于现代人越来越困难时，是这生于民间的小戏为我搭起说话之桥。在我的一部长篇小说里，当我想用说话来表现某个人物的复杂内心时，《借髢髻》成为我和我的人物之间的桥梁。

我们的确并不发明桥，但我们需要发现桥，如同作家并不发明语言，但文学应当使用语言创造美、思想和形象。

文学的目的不是发明桥，但好的文学有资格成为桥，它所抵达的将是人的心灵深处，是不同文化背景的人情感的相通。

此时此刻，我为什么会站在美丽的法兰西，就因为有对桥的渴望，有对诱人的目的地的期待。

谢谢大家。

阅读的重量*

一般来说，阅读是和文字相关联的。虽然，人们有时也会把欣赏一幅好画说成“读画”。用在这里的“读”，强调的是欣赏的深度了，就此也微妙地点出了看画与读画间的差异。但是，在网络时代，在网页挤占书页，读“屏”多于读书、纸和笔逊位于光和电、机器的规则代替着汉字的规范、数字的操作颠覆了铅字的权威、“输入”代替着书写的潮流中，在“拇指文化”无限深入人群的今天，在消费的欲望热烈拥抱大众的背景下，“读”和“看”的界限似乎日渐模糊起来。入“网”者众，正如那位美国著名诗人的著名短诗：“生活——网。”技术的战车把新媒介——数码技术送进人间，使昔日“纸面”凝聚的诸多艺术的神性不断被“界面”的感觉颠覆和碾轧。看图被称为“读图”，而这里的“读”已不再意味着欣赏的深度。眼

---

* 此文为2007年7月香港书展期间，作者在海峡两岸和香港阅读文化座谈会上的演讲。

睛在网上快速、便捷地“暴走”替代着以往细嚼慢咽似的传统阅读，这应该说是阅读的革命之一种。

不过我今天要谈的阅读，仅限定在纸面书籍的阅读。因为，虽然网络阅读的分量在今日人们的生活中已不可小觑，私下里却总觉得“符码”代替了“物质”的阅读损失的是时间的纵深和历史的厚重。人在获得大面积爆炸性信息的同时，也会有某种难言的失重感。在我纯属个人的体验中，阅读其实是一种有重量的精神运动。不同的年代，阅读在人的生活中也表现出不同的重量。

一、70年代阅读带给我的重量级冲动

21世纪初年，有媒体问了我一个问题：让我举出青少年时期对自己影响最深的两本书，只举两本，一本中国的，一本外国的。这提问有点苛刻，尤其对于写作的人。这是一个谁都怕说自己不深刻的时代，如果我讲实话，很可能不够深刻；如果我讲假话，列举两本深奥的书，可那些深奥的书在当时并没有影响我——或者说没有机会影响我。最后我还是决定说实话。我出生在一个知识分子家庭，20世纪70年代初是我的少年时代，正值中国的“文化大革命”，那是一个限制阅读的文化贫瘠的时代。我自幼喜欢写日记，在那个年代也还坚持写，只是那时的日记都是“忏悔体”了。我每天都在日记里检讨自

己所犯的错误，期盼自己能够成为一个“纯粹的人”。实在没有错误，甚至会编造一点写下来。就是在这样的日子里，我偷偷读到一本书，是法国作家罗曼·罗兰的《约翰·克利斯朵夫》。记得扉页的题记上是这样两句话：“真正的光明绝不是永没有黑暗的时间，只是永不被黑暗所淹没罢了；真正的英雄绝不是永没有卑下的情操，只是永不被卑下的情操所屈服罢了。”这两句话使我受到深深的感动，一时间我觉得这么伟大的作家都说连英雄也可以有卑下的情操，更何况我这样一个普通人呢。更重要的是还有后面一句：“永不被卑下的情操所屈服罢了。”这两句话震撼了我，让我很想肯定自己，让我生出一种从不自知的既鬼祟又昂扬的豪情，一种冲动，想要去为这个世界做点什么。所以我说，《约翰·克利斯朵夫》在文学史上或许不是一流的经典，但在那个特殊年代，她对我的精神产生了重要影响，我初次领略到阅读的重量，这重量击碎了我精神上的某个死结，同时给了我身心的沉稳和力气。另一本中国的书，我选了《聊斋志异》。在那个沉默、呆板和压抑的时代读《聊斋志异》，觉得书中的那些狐狸，她们那么活泼、聪慧、率真，勇敢而又娇憨，那么反常规，作者蒲松龄有那么神异、飞扬的想象力，为我当时有限的灰色生活开启了一个秘密的有趣味的空间。

我的一位亲人，在同样的时代背景下，在从城市到乡村接受再教育的岁月里，劳动之余，倚靠着田野上的草垛通读了马克思的《资本论》和《列宁全集》，那些大书陪伴他度过了沉闷的青春期。问他当时为什么读它们，他只说是因为喜欢。

今天想来，类似上述的阅读实在是一种无功利心的自发性之举，因其自发性，所以也没有预设的阅读期待，那不期而至的阅读收获便格外宝贵和难忘。难忘的还有一种沉入心底的重量，这重量打击你，既甜蜜又酣畅。

二、群体性的阅读兴奋在80年代

20世纪70年代末到80年代末，随着改革和开放，中国大陆曾经呈现过一种集体性的阅读大潮。文学首当其冲，率先为压抑太久的国人搭建了一条宣泄情感、寄托热望的通道。

曾经出现过千百万人奔走相告，争读一篇小说的时光。也曾经有人在图书馆把喜爱的、又十分抢手的一部几万字的小说手抄下来，为的是可以反复阅读。让人想起“文化大革命”中在民间流传的那些手抄本小说：《第二次握手》《一双绣花鞋》，甚至还有大仲马的《基度山恩仇记》……那时你走在街上，看到排队的人最多的地方一定是新华书店。用如饥似渴来形容当时中国人对阅读的热望实在是不过分的。这是一种集体狂欢式的阅读运动，山河依旧，百废待兴，精神世界愈加活泼，阅读的领域也快速扩大。除了文学，人们还迫切需要用各种新知识充实自己，武装自己，获得机会，改变命运。正所谓开卷有益。中国自古便有崇尚读书的传统，“头悬梁，锥刺股”的典故在80年代亦有重演。我认识的一位记者当年是煤矿工人，他就是在挖煤的间隙，在阴潮、黑暗的坑道里，借着安全帽上的矿灯，苦读了上百本中外名著。也还有不计其数的大学生，因为珍惜来之不易的学习环境，夜夜超负荷阅读，造成终生眼疾。

我不曾对那时的新华书店做过销售调查，但我相信那时积压在货架上卖不动的书一定和今天不成比例。我常常怀念80年代，并非因为那特殊的历史背景给了中国作家一种空前的却并不牢靠的特殊地位，我怀念的是整个社会对待阅读的那份诚恳和郑重，以及带有几分纯真的激情。有学者曾经这样说：一个民族对文学的亲近程度，决定着这个民族整体素质的高低。这里我想说，一个民族对阅读的亲近程度，决定着这个民族整体素质的高低。

群体兴奋的80年代阅读，在中国人的生活中占有相当的比重，它不再是70年代被限制的阅读贫困，却更多自觉进攻的色彩，它所饱含的重量也和70年代不同，它显得有设计，也有预期。它光明正大，来势猛烈，因此这重量甚至是有声音的，它镗镗作响，使中国80年代的文化品质有了某种异乎寻常的嘹亮音色。

三、阅读的无用之用

如前所说，阅读是有重量的，这重量让我们对阅读的重要毫不怀疑。阅读对人的功用也是显而易见的，所谓“读书破万卷，下笔如有神”，只道出了读书对写作者的要紧。但当我们凝神于阅读那“重”的一面时，其实也不该忽略阅读的“轻”。这里我想起季羡林先生的一段话。前不久一位领导人看望季老，问起他正在研究什么，他说研究东方文学。这位领导人问：您这样大年纪，研究东方文学有什么用呢？季老回答说，世上有很多的学问，不一定是立刻有用的。但是对有些人来说，知道也很重要。有些学问是你应该知道的。我以为季羡林先生的话其实是很深奥的，由此想到阅读重量里那“轻”的成分。

新世纪的今天，我们的阅读和70年代、80年代相比，已经有了诸多变化。市场销售最好的书往往更靠近生活的实用：农业科技、家庭医学、足球、赛车、房地产、保健、养生、美容、时装、烹饪、武术、花卉、商战、证券、股票……书海已经茫茫。这样的阅读看上去已不再承载精神的重负，但却更加直奔主题，要的是立竿见影。这与我所说的“轻”仿佛还有差别。

我所说的“轻”包含了阅读那“无用”的一面，也许是真正意义上的阅读心境的解放。萨达姆在他最后的时刻，在他那个两平方米的小牢房里，他的枕边放的是陀思妥耶夫斯基的《罪与罚》。我想一个人在那样的时刻，当他想到自己灵魂的时候，恐怕不会放一个钱包在枕边，对着一个钱包来解决灵魂的问题。虽然阅读《罪与罚》也无助于对他生命的挽救。也还听说过这样的事：西班牙总统前不久发布了一道命令，政府免费赠送西班牙公民每人一本《堂吉诃德》。秘鲁有一个小城市，那里的警察性情特别暴烈，市民很有意见。市长没有给那些警察任何处罚，他用了一个软弱而无用的办法：给他们放了三天假，同时赠给每人三部文学作品，希望他们在假期里读完。警察们读了这些书以后，性情竟有了改变，对市民的粗暴态度亦有所缓解。我并不知道他们读的是什么作品，也许在不经意的阅读中他们想到了他人的存在，还看到了生活的美好、温暖，以及自身的价值……这便是阅读的无用之用吧，它内在的文化含量并没有因表面的“无用”而打折扣。这里的“无用”本身便是作用了。

我不想用上述小事夸大文学的力量，而且阅读文学作品似乎又是所有阅读品种里最无用的一种，尤其在今天。国内仅长篇小说就达到年产1000余部。在今天，重要的已不是无书可读，而是选择什么样的书来读。正像有人说的：选书好比选朋友。但我始终相信，若说这样的阅读是一种文化现象，这种文化现象最大的效益就是对人心的滋养。如果经济是酒，那文化也许是茶，或者是水。文化给人的力量正像“无用”的阅读给人的力量那样，它不是打击型的嵌入，更多的是缓慢、绵密、恒久的渗透，而酒是让人亢奋的。一位文化老人曾经谈到茶的好处，说是古往今来，只听说过酗酒闹事，还没听说过饮茶杀人。因此他说茶能促进社会和谐。

阅读的重量有时在于它的“重”，有时却在于它的“轻”。这“轻”不是轻浮，这轻的滋味如同徐志摩诗中的几句，“悄悄的我走了，正如我悄悄的来。我挥一挥衣袖，不带走一片云彩”……然而一切都有痕迹，我们沉重的肉身会因某些时刻“无用”的阅读而获得心灵的轻盈和洁净。这样的阅读不是生存甚至生计的必须，但它何尝不是一种更高的境界呢？这种自然存在的阅读状态，可能比故意的强迫阅读或者故意的淡漠阅读都更能体现人生的精神价值吧。

作为一个写作的人，似乎也就在阅读所呈现的不同重量里找到了自己相对永恒的信心。——当然，这已经是另外的一个话题。

散文河里没规矩

我认识一条散漫多弯的河——拒马河。这河从源头开始，便盘旋于太行之中，它绕过山的阻拦，谢绝石的挽留，只是欢唱着向前。在浩瀚的鹅卵石滩、肥嫩的草地，它是一股股细流，只当白沙和黄土作岸时，河水才被收敛起来，变成齐腰深的艳蓝。

那年我在一个有白沙作岸的小村生活、写作，村里老人给我讲了那个“河里没规矩”的故事。先前，每当夏日中午，村里的姑娘、媳妇便结伴到河中洗澡。她们边下河，边把身上的衣服一件件脱尽、高高抛向身后的河岸。待到她们钻入齐腰深的河水时，自己就成了一个赤条条的自己。而这时，就在离她们不远处，一群赤条条的男人也在享受着这水。这两群赤条条的女人和男人彼此总要招来些笑骂的，但那只是笑着的骂而已，一切都因了这个自古流传下来的“河里没规矩”的规矩。然而，是女人你就不必担心，说个“没规矩”你就会招来什么“不测”；是男人你也别以为，凭个“没规矩”你就能有什么

“便宜”可占。在河里，男女间那个自己为自己定下的距离就是规矩，这规矩便成了那群“没规矩”的人们从精神到物质的享受依据。这个真实的故事实在就是发生在那些半原始状态的山民中的一种现代文明，山民的半原始状态和这个现代文明一直延续到距今二十年前。可惜待到二十年后的今天，当我问及那些哼着《潇洒走一回》、衣着打扮已明显朝着都市迈进的当地姑娘时，竟无一人知道这个离她们并不遥远的文明故事。你给他们讲，她们会把脸一扭，好像你的故事反倒是伤了她们的风化。这不能不说是发生在她们身上的悲剧。

我说的散文河，当然不是拒马河，却又觉得散文其实就是一条河。那么在这条散文河里，到底又有多少规矩？假如我是一个地道的散文家，这本是不在题下的一件事，可惜我并不是一个地道的散文家，所以便将计就计地把散文想成了一条河。在我想象的这条河里，自然也就没了规矩。在这条河里游着的男女，你和衣而卧或许并无人说你文明；你赤裸着而立，顶多也只会招来几声笑骂，你还会把笑骂愉快地奉还给对方。反之，散文既是一条没规矩的河，河里自然也就有了那个自觉的规矩。伸腿下河的必得是散文吧？你实在不应该把一大堆不好归类的文字都扔进散文这条河里。那些裸着自己下河的女人连脱衣服都脱得有章有法，她们是边入水边脱衣，继而是把衣服抛向岸边。于是她们不显山不显水地下了河，没有半点露“怯”之处。

章法之于文学，如果可作形式感解释，那么形式感就标榜着一篇散文独具的韵致和异常的气质。当然，问题还要牵扯到产生形式感的题材，于是我就想，散文这条河里的没规矩，或许应该指散文那形式感的自我标榜。

形式感不应只是描写技巧和作家对于零零星星韵味的寻找。形式感是就一件作品的整体而言。有位名叫奥尔班的奥地利画家说：形式感是你在作品中寻找的那种“联合体”。我常注意大散文家们对“联合体”的重视。朱自清和丘吉尔都深深懂得这个“联合体”的重要，于是他们在散文这条没规矩的河里找到了各自的规矩。

变美是痛苦所能达到的最高境界*

《南方周末》记者：当了四年中国作家协会主席的铁凝说自己是个“笨人”，写作时间少了，酝酿周期却长了。获得首届郁达夫文学奖的短篇小说《伊琳娜的礼帽》一万多字，从初稿到完成用了几个月的时间，“就像揉面一样，必须揉到不能夹生”。

与百岁老人杨绛的交往让铁凝印象深刻，老人住在水泥地面、墙壁雪白、无装饰的房子里，天花板上有几个手印，那是钱锺书活着时她登着梯子换灯泡留下的。杨绛就翻译《堂吉诃德》的事给铁凝写信，信纸上有几个油点，注明说，是保姆不小心洒的，不是她洒的。杨绛和钱锺书捐了800万元版税给清华的贫寒学子，自己过着简朴的日子。铁凝问老人应该称呼她什么——杨绛老师、杨绛妈妈、杨绛姥姥？杨绛说：“何不叫杨绛姐姐！”

---

* 本文为作者接受《南方周末》记者朱又可采访的文字稿。

“中国作家协会最宝贵的财富不是钱，而是那些星光灿烂的作家群。”铁凝说，比起老一辈作家，她觉得“很惭愧”，她看望他们其实也是从他们那里为自己的灵魂充电。

一、龙应台也进了鲁迅文学奖初评

《南方周末》记者：你的短篇小说《伊琳娜的礼帽》最近获得了首届郁达夫小说奖，这是你当作协主席后获得的第几个奖？郁达夫小说奖的投票和评语都是公开和实名的，“鲁迅文学奖”“茅盾文学奖”（以下简称“鲁奖”“茅奖”）有无可能也采纳实名评语、过程公开的方法？

铁凝：这几年我获奖并不多。我任这届作协主席后，给党组写了一个正式的报告，提出在我担任中国作家协会主席期间，自己的作品不参加中国作家协会主办的文学奖项评选，包括茅盾文学奖和鲁迅文学奖这样的国家级大奖。当然，我还是获了几个中国作协之外的文学奖。

郁达夫小说奖评委会邀请了一些媒体，跟踪整个评选过程。这个文学奖实行投票实名制，评委评语公开，我觉得是一股清新的空气。

说到实名制、评语公开，我个人觉得“鲁奖”“茅奖”不见得不能考虑。我看了日本的芥川奖，首先它的评委是公开的，评委的姓名向全社会公布，每一场讨论都向社会、媒体公开。每场讨论大家也会有争论，评委要保留自己的不同意见，为什么要坚持对某一部作品的看法，都能让社会知道，因此，少数派也会认可评奖结果，尽管最终的结果可能不是某个人想要的，但却是在公开透明的情况下，按投票来的。

《南方周末》记者：最近鲁迅文学奖引起了争议和不满，你是怎样看待的？

铁凝：社会对“鲁奖”“茅奖”这样的国家级大奖有不同的声音，这是我们这个日益多元化的社会的正常现象。文学不是自然科学，一些国际知名大奖评出来，也常有各种不同的评论。何况“鲁奖”还不是评一类作品，而是分了长、中、短篇，诗歌、散文、报告文学等许多门类，每个门类又评若干篇（部）。任何一个人的阅读量和判断力也难以覆盖这样多门类的巨量作品，这需要很多人的智慧和程序的严谨、公正。有些议论更反映了社会和大众对文学、对文学大奖的关注和爱护。它对我们进一步改进评奖工作，有促进乃至警示作用。

我个人心里也有一些想法，改革的步子怎么不能更快一些呢？我觉得可以更快一些。但是这些都不是一个人定的，即使我作为一个作协主席，也没有权力说我自己来取消或改变一个奖项现有的规则和程序，以及它的一些评奖原则。但是我在这个位置上，理所当然应该起到重要的推动作用，呼吁大家正视这个事情的严肃性。

《南方周末》记者：2006年11月你当主席以来的这几年和

以前比，“鲁奖”“茅奖”的评选有没有什么变化？

铁凝：应该说有变化，当然这并不是我一个人的努力，新一届作协的领导集体，新一届作协主席团，还是在想一些办法。比如说两个奖都特别设立了纪检组，在评奖期间专门受理和处理申诉和投诉。比如说加大了社会对于评奖的参与面。今年这一届搞了网络投票，此外，还邀请九千多名中国作协会员来投票，看看作家协会的会员心目当中应该获奖的作品到底是怎么样的状况。总的方向就是要更加公开化、民主化，更加公平、公正。

“鲁奖”现在扩大了评选的范围，目前它有一个界定，在中国大陆公开出版发表的文学作品都可以进入评奖的范围，实际上就包括了境外的华人作家。包括龙应台、聂华苓在内的一些著名华人作家的作品，据我所知今年都是进入了初评或终评委员会讨论的。

但是，即使在做努力，我仍然觉得大有改革的必要。当我们面对来自社会的批评时，不应回避或视而不见。所以当时我用了一个例子。有一次我看电视节目，股神巴菲特和他的搭档查理·芒格在谈话，查理·芒格说其实他们在事业中也会因不慎而出错，但所有的益处都是从批评中获得的，一个得不到批评的人最终是会失败的。

二、永远不要预设别人可笑

《南方周末》记者：在作协主席这个位置上，你最大的委屈是什么？

铁凝：其实委屈人皆有之，我不觉得只有我有委屈，别人没有委屈。但在我的生活中有比委屈更重要的事情。从我做这届的作协主席那时候起，我有一个自觉的意识，我做这届作家协会主席，绝不是为了听赞扬和肯定，更多的是必须准备好正面地面对批评和质疑，这是我必须要随时面对的。我常想起已故作家贾大山，他在世的时候有一年陪我去看他们县的一个寺庙，他说你看这个弥勒佛两边的对联有问题，上联是：大肚能容世上难容之事，下联是：笑口常笑天下可笑之人。他说如果弥勒佛能容世上难容之事，就不该再笑天下可笑之人，天下就不再有可笑之人。我同意贾大山的看法，这里还有一个真的胸怀和假的胸怀的问题。你永远也不要预设别人可笑。

《南方周末》记者：你现在当主席和以前茅盾和巴金当主席有什么不同呢？

铁凝：他们那两位前辈靠个人文学影响力就能覆盖文坛了，因此我跟他们没有可比性。所以我只是呼吁和尽自己最大力量，力所能及地推动作家协会的改革，首先我们应该有积极面对改革的愿望和态度，我愿意做一个鲜明的推动者，虽然我也深知，牵涉的方面太深太广了。

你不能脱离你的同行，应该通过写作交流对文学的看法。你在这儿当主席，你跟同行不说话，不发生任何联系是悲哀的。你写作，又有意避开文学活动，那反而是不正常的。像这次郁达夫奖，我得奖了也不掩饰我的高兴，至少是一个方面对你文学劳动的认可。我一个人背个包就来了，那里一些作家我跟他们都是好朋友，没人把你当主席，大家都称名道姓，我也很开心，当了几年主席，作家同行们跟我一点没见外。

三、我入作协时才25岁

《南方周末》记者：作为作协主席，你听到的最多的批评是什么？

铁凝：最多的批评声音针对作家协会体制，对这个体制，社会一直在质疑。我想历史地看待这个问题，可能会更客观一点。孤立起来呢，仿佛给公众一种感觉，中国现在有这么一个行政级别的作家协会是一个奇怪的存在。但是，你要把中国作协放到整个中国大体制背景下看，它的形成和存在有它的历史渊源，它实际上是国家体制的历史沿袭和演变。

中国作家协会延续到今天，我愿意很诚实地说，尽管它走过非常艰难曲折的历程，但也为中国文学发展繁荣做出了重要贡献。活跃在今天文坛的一大批优秀作家都得到过这个协会不同程度的关注、培养和扶持。我自己也得到过属于这个协会的前辈们的关注和鼓励。今天大家说“80后”，1982年我入会时25岁，就是当年的“80后”，当时的中国作协也没有说这个人二十多岁，这么年轻，凭什么入会啊。

在现阶段，作协作为作家的专业团体，需要进步和面临改革的可能是它的形式和体制。

中国有一个“体制内”的说法。假如凡是受到国家财政支持拨款的单位和个人都可以称作体制内，除了公务员以外，中国的事业单位、社会团体等大概至少有几千万人吧？中国作家协会也是其中的一个存在，不是孤立的。不是说社会割断了渊源，所有的体制都没了，所有的中国人都在体制外，就只有这么一个作家协会还在这个体制内被供养着，这不客观。不改革中国就没有出路，但也不可能在几天内就把几千万人都改革掉，那样会造成社会极大的震荡，也得不到多数人的支持。

《南方周末》记者：曾有媒体讲你说“作协有一万个存在的理由”。

铁凝：我这句话是被扭曲引用的。我的原话是，即使作协有一万个存在的理由，它最重要的一个存在理由就是必须为作家服务。应当说，这些有意无意的误解和渲染有时也让人无奈。

《南方周末》记者：你当主席以来，做了些什么事呢？

铁凝：作家协会前面有一个词是专业性人民团体。作为专业性人民团体的作家协会，最主要的事就是研究文学和文学形势，研究作家和作家的需求，利用一切可能为他们的文学创作营造更宽松、更和谐的氛围。

我们面对的是九千多会员，如果说每一个人都是独特的，那么每一个作家更是独特的。工作几年我体会到，作为一个作协主席，你可以笼统地面对一个群体，其实你也随时面对着单个的作家，你必须花时间倾听他们的需求。他们绝大部分不是专业作家，大都有各自的职业。会员的概念可能社会上有一些误解，好像你入会了就成专业作家了，有人给你发工资了，不是的，你是银行职员，你是军队的战士，都可以是中国作协会员，但这和你的职业无关。

《南方周末》记者：你谈到的“眼界更加开阔”，也包括关注非会员作家和体制外的作家么？

铁凝：当然。一些非会员的、体制外的优秀作家包括海外华人作家一直是我们的朋友，这几年他们经常会就作协的事业、工作和文学给我提出好的具体建议，或在电话中，或约个地方喝茶什么的，在朋友式的聊天中，真正是非私欲的，我得到非常宝贵的收获。这让我特别感动，更让我对工作不敢懈怠。

海外有一大批华人作家写作，他们是一支不可忽视的力量，越来越形成一个有光彩的群体。他们当中也有愿意加入中国作家协会的，这里面可能有一个国籍的问题，这都是新形势下的新的事情。我想应该张开怀抱。

摆在中国作协面前的任务大命题是，你到底要干什么的？今天你这个协会跟作家到底是一种什么关系？它确实应该成为作家自己交流、维权的场所，应该朝着脱离行政化色彩的大方向去发展。我个人头脑里给中国作家协会的面貌用了几个词，也未必合适，我个人认为作家协会应该秉持：团结、包容、服务，开放、倡导、繁荣。

《南方周末》记者：作家们提出的最多的问题是什么？

铁凝：作家遇到的最多的问题是维权的问题。今天的作协不仅仅是面对着体制内的作家会员的维权，非会员的权益受到侵害需要作家协会帮助的话，也是义不容辞的。

但是有百分之几的作家拿版税能生活得不错的？《著作权法》颁布以后有好转，但是力度不够，执行起来力度很差。如果真正实现了法治，作家靠版税，应该比20年前、30年前生活得好才对。比如说网络侵权，网上上去以后谁还买书啊？还有盗版。你这本书出来，盗版的书可能比正版的印得还漂亮。《笨花》也被盗版了很多。当时书刚出来就有三四种盗版的。

此外我特别强调作家协会的自律，在社会上有高知名度、有影响的专业团体的自律，这是一个真正的大方向。

《南方周末》记者：为什么要强调自律？

铁凝：可能跟社会大的转型期方方面面有关。你作协掌握着一些资源、在社会上知名度越高，自律就越重要，权力越大自律心要越强，自律跟你掌握的资源成正比的。

《南方周末》记者：作协掌握什么资源？

铁凝：刚才说了评奖的资源掌握着呢，重点作品扶持的权限也在这儿呢，加入作家协会的会员审批，还有方方面面的学习、交流的机会……每年都有一些作家申请到鲁院免费学习，给一些青年作家提供好的学习、进修的环境、时间和场所，这些都是资源。

四、我的文学有时候对生活不恭敬

《南方周末》记者：自从2006年你当选作协主席前出版长篇小说《笨花》以来，你手头还有没有在写长篇小说？

铁凝：在为新长篇做准备。写作还是我的本行，通过写作我才能够和我的作家同行对话，你不写作拿什么跟你的同行对话？但同行需要的时候，我会毫不犹豫地不讲条件地放下写作，去尽主席应尽的责任，不然你凭什么在这个位置？这是一个荣誉，但不是不做事的位置。

我一直在为下一部长篇做准备。你知道写长篇是需要相当完整的甚至相对封闭的时间。但是现在，我不存在这样的时间。那么，我就写短篇、中短篇和散文，短篇我写了六七个。短篇给我乐趣，我不觉得是做苦工，因为本来也没有人逼着你写作，也没有人强迫你不许写作。比如说这个《伊琳娜的礼帽》我也写了很长时间，首先构思了很长时间，不想动笔是因为你找不到合适的叙述它的办法，我觉得这是一个痛苦的事情。

有一个美国作家给他亲戚写信，结尾时说：“请你原谅，我把这封信写得如此冗长，因为我没有时间写得简短。”可见把东西写短并不容易，而且需要时间。其实短篇小说并不是人生的填空，而是对一个作家终身的磨砺。不论长篇、短篇，我感觉是越写越难了，写作是不能抄近道的。就这个意义我同意那句话：“作家就是写作困难的人。”

《南方周末》记者：评论家都用温馨、温暖、温情、温度这样的词加诸你的作品，认为你的难得之处在于写了人性的正面的、残存的光辉，写爱，这种肯定的写作态度是不是更难？难在哪里？

铁凝：并不是所有的评论家都用这些词形容我的作品。但是写人性正面的光辉的确很难且不“讨好”。难在哪里？是的，我们骂人总是容易的，推倒一个东西是相对容易的，但是建设一个东西很难，建设一个东西往往比摧毁一个东西艰难得多。

我很欣赏德国作家马丁·瓦尔泽的一句话：变美可能是痛苦所能达到的最高境界。因为人生总有痛苦，但是，我觉得文学的最终目的并不是把所有的痛苦变丑，而是变美。这里面有“美”“痛苦”这几个关联词，还有一个“境界”。文学是提升人的境界的，文学可以写苦难、丑陋、沉沦，像郁达夫的《春风沉醉的晚上》里那个陈二妹，被侮辱被损害的、自食其力生活很艰难的女工，她那么弱小，那么底层，还没有忘记人的尊严，关爱着和她同是房客的年轻知识分子，她以为他每天晚上出去是学坏了，她说“你要学好”！生活把她逼到沉沦边缘，但她的灵魂还是上升的。这些东西是20世纪20年代写的，到了21世纪，我觉得它仍然有震撼灵魂的力量。

有一个作家说，我有的时候的确对生活不恭敬，那是因为我渴望生活更神圣。那么你写正面是否意味着你对生活很萎缩，唯唯诺诺？不是的。我的文学有时候也对生活不恭敬，也是因为我渴望生活更神圣。我说温暖的力量是强大的是更不容易的力量，向善的力量、穿越了沉沦以后上升的力量、提升的力量是更难的，需要更大的勇气，需要更高远的境界。这个“美”“痛苦”和“境界”都是不容易的词汇。小儿女的小悲欢和小温馨并不是我的追求。我的《玫瑰门》《大浴女》这样的长篇小说，其实它也有撕开了人心灵的疮疤给人看，但是最后想获得的是穿越这些混沌，还是有一个向好的向善的境界。

《南方周末》记者：爱和希望的根源是什么呢？

铁凝：根源来自人类和生命的本质。在宇宙中，生命本身就是奇迹，人类更是偶然中的偶然。尽管有大自然对人类的无数压迫，以及人类本身的互相残杀，人类不仅生存下来，还创造了文学艺术等多种文化形式来丰富和享受生命的多彩。科学家说我们所知道的世界将来都会毁灭，人类就只有整天哭泣么？就这个意义上说，文学的源泉就是对人生不气馁。我觉得我们应该对生命怀有喜悦，对未来寄予希望。

我不回避写绝望，因为我的有一些作品是涉及绝望的，主人公绝望到底了。这是大江健三郎先生说的话。他说：希望从哪来的？真正的大希望是从大绝望里来的，我这样看待人生。而从大的绝望里生出来的希望是有分量的，更有价值的也更有力量的，也更有冲击力的。对人和自己生命力的信心，面对世界的信心，文学如果失掉了这些，我觉得文学就没有存在的意义。

《南方周末》记者：你的写作贯穿了新时期文学的30年，你觉得心态的最大的变化是什么？

铁凝：我最近在日本的三国文学论坛上，作的一个演讲是关于贫富与欲望的，题目叫《山中少年今何在》。作家怎么面对这个时代？我很怀念20世纪80年代的文学的纯粹，特别从90年代到新世纪的10年，我觉得比起80年代它太复杂了，有更多的复杂因素进来了。这些年的心态，实际上是要面对这些复杂，直面从90年代计划经济向市场经济转化以后中国社会的大变化。

今天的社会不是单一的了，它是一个社会大的转型期，我们不是农耕社会了，过去我们的许多作家就是以写农村见长，固守着那块热土，千年不变的农耕文明，这几十年彻底打破了。中国社会面临着一个根本的转型，你要放大一点看，绝不仅仅是这30年或者20年的转型，其实是所谓数千年未有之变局。现在中国的城市面貌的改变，今天去一个城市明天就面目全非了，不认识了，好像万花筒一样，还有人们生活方式的突变。

再有就是节奏变快了，现在各种利益诉求的日益丰富，社会多种不同经济成分的发展，好像突然间就到来了。中国几千年来不变的，突然间变了，面对现在这样的社会，它对中国作家确实是一个严峻的大挑战，而且什么都要快。我就发现咱们中国人的步速现在挺快的，原来说日本人步速快，你现在到北京街上走一走去，你看看地铁、街上、机场的三号航站楼的“星空”下，人都是匆匆忙忙的，没有一个人磨蹭地站在一个地方，谁也不看谁，大家走着路都在想着自己的事。

我们当然不必很浮躁地说，30年或者50年必须得出怎样的史诗或者巨著，但是我相信也应该是出大作品的时代。马丁·瓦尔泽去年冬天在北京跟我见面的时候，他很诚挚地说他羡慕今天的中国作家，他说他感觉到变化中的中国有多少东西可以变成文学作品啊，这是德国作家看重并缺少的东西。

在今天这个社会多元化，境内境外的出版也多元化，过去无法想象的网络文学也显露头角的时代，我认为中国作家再一味地说什么不让我写，一味地强调意识形态的禁锢，很轻易、很随意地说自己没有特别让读者喜欢的作品就是什么什么禁锢了我的个体，使我不能产生好作品，是不是有点推卸责任呢？至少显得有点这个意思。

希望生自绝望*

——与大江健三郎先生对话

……

大江：日本现在有两个姓竹内的学者，现在看到的这个是名叫竹内实的学者，另一位叫作竹内好。竹内好写的有关鲁迅的书最好，他在20世纪70年代去世了。我去参加了他的葬礼，在葬礼上有一个人突然倒下，然后就死去了。

铁凝：您也出席了那个葬礼吗？

大江：对，那个倒下的人就是这位增田涉。

铁凝：为竹内好举行葬礼的时候，您也在葬礼上？

大江：对。这批人大概都是1910年前后出生的，那个时候就七十来岁了。当然，增田涉对鲁迅先生也非常尊敬，他要

---

* 2012年12月2日，我赴日本参加第二次中日韩文学论坛之际，应大江健三郎先生和夫人盛情邀请，到先生家做客，和大江先生有近六个小时的谈话。感谢在场的许金龙先生细心翻译并根据录音做了文字记录整理。本文为此次谈话的部分内容。

是能看到这些礼品该多好啊！

……哇！真漂亮！太漂亮了！

铁凝：这是他的日文书信的手稿。这里是写给竹内实先生的。

大江：这可是我五年内得到的最好的一部书。

铁凝：哦，是吗？那我就觉得特别高兴，特别荣幸。

大江：我还要感谢你赠送鲁迅先生亲自翻译的那五本书。我目前正在一点儿一点儿地阅读，在学习。

铁凝：那是我托许金龙先生带来送给您的，是鲁迅先生的译文集。

但是我觉得这本书更好，因为这本书对大江先生来说更方便，也更亲切。

大江：这是更了不得的一本书，非常非常好的一本书。

铁凝：这是在1997年……我看了一下，是在1997年印制的，只印了两百套，用传统的方法印制的。

大江：我非常非常高兴。

铁凝：还有一份礼物，也是送给大江先生的。

这也和鲁迅先生有关，是鲁迅先生写信用的信笺。他当年用的这种信笺每页上面都印有花卉，都有图案。

大江：哇……是鲁迅先生的便笺。

大江夫人：（惊呼）这个……

铁凝：鲁迅先生写信时用的就是这样的信笺。

夫人：可不能在这么漂亮的信笺上面写字。

铁凝：这可以留做纪念。

铁凝：这是中国传统的古老的水印法，所以这种信笺是很讲究的。另外，这是我自己的书，带来两本，是在香港和新加坡出版的。都是中文的，是两个中短篇小说集。这是一本英文版小说集，我在扉页写上："敬赠我无比敬重的大江健三郎先生。"

大江：《永远有多远》！真是非常好的标题。

铁凝：但是，我听熟悉英文的朋友说，这本书翻译得可能不是让人很满意。

大江：我呀，早在孩童时代，大概是十五六岁，也可能是十七岁的时候，当时我所思考的最大的哲学问题，就是永远有多远。

铁凝：真的吗？这让我很吃惊。您在少年时期，而我则是在世纪末，二十世纪末才思考这个问题的，是在1999年。

大江：当时我在思考两个问题，一个是自己的死亡问题，死亡这个问题且不去说它。第二个就是我死了以后，所谓永远到底有多远？时间上的永远令人畏惧。还有一个就是空间上的无限，宇宙的无限。除了时间上的永远，还有距离上的永远，物理性的永远，无限深远的宇宙。这个问题让人想起来就感到很震撼。

铁凝：您说到时间上的永远这个问题，我随身携带的笔记本——我读书时喜欢做笔记，我有很多这样的本子——上有一段摘录，是描述您在小说里的分身长江古义人在为光裹毛毯时的情形，这是中译本《优美的安娜贝尔·李寒彻颤栗早逝去》第176页里面的文字：“这时我会觉得，我在扶正光的头部，在永远做着这个动作，而在这么做的瞬间，则产生了永远的时间……”读到这里时，我也感受到了震撼，所以我就记下了这一段。

因为，这也是很有挑战性的问题，让人迷惑，也让人感到一种无奈，然而同时还有希望，这就是我那个《永远有多远》……因为我觉得时间很强大，人则很渺小。但是您的那两句诗我也一直记得，也是与时间和永远有关的：“我无法重新活一遍，但是我们却能够重新活一遍”，“无法”和“能够”……我觉得这个“能够”是一个积极面对的态度。所以，读大江先生的作品，我认为是蕴含着希望的作品，虽然有时也很“寒彻”。

大江：你能这么解读，我感到很高兴。光就住在隔壁的房间里，每天我都为他裹上毛毯。每天都有这种一瞬间，已经四十多年了。孩子十一点多时候会起来上卫生间，然后接着上床睡觉，我就在这个时候帮他把毯子整理好，掖在他的肩上，这只不过是一瞬间的事情，我已经做了四十多年，这一瞬间，对我来说是永远的。这个瞬间里面有永远。这个瞬间被你发现了，我感到非常高兴。

……

我身边虽然有很多东西，却没有什么适合于送你，昨天我就在考虑，有一样东西适合于送你。我昨天想到两位获得诺贝尔文学奖的女作家，都是与我亲密交往的朋友，一位是南非的纳丁·戈迪默。我在瑞典斯德哥尔摩的时候，遇见了纳丁·戈迪默。她非常喜欢那里正在出售的像茅台那样的烈酒，就悄悄买了六瓶相当于茅台那样的烈酒，是在一家特别的商店里，却又羞于让别人知道她嗜好烈酒之事，想要保密，去买酒时恰好遇到了我，就对别人说："这个日本人爱喝这种酒，我对他说酒喝多了对身体不好，不能买更多酒了，这个日本人原本想买五百瓶酒，我限定他只能买六瓶，为了对他强调这个问题，我就跟着他来了。"还有一位是我在普林斯顿大学结识的女性朋友，经常在一起吃晚饭，她就是诺贝尔文学奖获得者托妮·莫里森。我非常喜欢托妮·莫里森的作品。托妮·莫里森有一个为海外流亡作家筹款的委员会，是索因卡发起的。每位诺贝尔文学奖获得者都必须捐出一本书在那里出售，每个人都签了名，托妮·莫里森签了名，我也捐出一本书并签了名。同时，我也买了一本书，是托尼·莫里森签了名的书。当然，这并不是像鲁迅先生的作品那么出色的书。我想把托妮·莫里森亲笔签名的一本书送给你，怎么样？

铁凝：这让我非常意外。

大江：这是托妮·莫里森的亲笔签名。

铁凝：托妮·莫里森有一部很著名的长篇《宠儿》。

大江：这是托妮·莫里森的英文诗集。

铁凝：不过，这是托妮·莫里森送给大江先生您的吧?

大江：不，这是我买来的。在那个展览会上大家都要购买，价格非常贵，以此作为帮助全世界逃亡作家的捐款。托妮·莫里森把我们都邀去购买她的书，我是作为普通作者买下这本书的。当时托妮·莫里森就说："健三郎，你不要买，我会送给你的。"我说不，我要作为普通读者买下这本书。

铁凝：是吗?这是哪一年?

大江：这是我在普林斯顿大学任教的时候。1998年吧?

大江：不，不对，是2001年。

我现在把这本书送给你。

铁凝：这对我来说是非常意外的礼物，我有一个过分的请求，能不能请您在托妮·莫里森的书上再签上您的名字?这样，我就得到两位诺贝尔文学奖获得者的签名。

大江：你写的字太漂亮了，我有点儿不太敢在这里签名。我写了一首小小的诗，可以把这首小小的诗题写在这上面吗?

铁凝：现在先别写吧。您说话累了，先休息一下吧。

大江：我们先休息一下，喝点儿茶吧。

铁凝：大江先生说话多了，很累了。

(大江夫人端上特为我们准备的精致蛋糕和红茶)

大江：我平均五年写一首诗，今天我要为铁凝先生现场创作一首诗并抄写在莫里森的诗集上送给铁凝先生。

（面对铁凝朗诵刚刚写在诗集扉页上的短诗）

普林斯顿和北京的“声音”

——致铁凝女士

曾在普林斯顿一同用餐的
唯一女同僚
托妮·莫里森看着我的耳朵
说道：
我开始写小说以后
进展极不顺利
当我为之苦恼之时
一天清晨，又是一个深夜
在我的耳朵后方
那部小说发出了“声音”
随后，我的小说大功告成
健三郎，在你那硕大耳朵的后方
也经常听到那种“声音”吧？
的确如此！说完，我与托尼·莫里森紧紧握手
我一直认为
铁凝女士，在北京的某个清晨，以及其后的某个深夜
你从自己那美丽耳朵的后方

会听到那种“声音”

大江健三郎

2010年12月2日

（许金龙译）

大江：莫里森告诉我，她在创作时，夜晚耳边有时会响起一个声音，循着这个声音写下去，往往就会写出成功的作品来。莫里森问我是否也有过这种体验，我告诉她，自己也是如此。铁凝先生，如果某个夜晚你的耳边也响起那个声音的话，那就说明你将要写出优秀作品来了。

铁凝：祈祷那真正属于小说的“声音”的降临，一定是所有认真的小说家的愿望。这需要专注、敏锐、勤奋和对人类博大的同情心，更会伴随着很多失败。我希望我能够写出真正优秀的小说。您的诗给予我内心的震动我不能用准确的语言形容。

（大江夫人提醒动身去餐馆时间已到，夫人已提前订了位子。于是一行人步行前往位于成城学院附近的意大利餐馆）

大江（边走边聊）：在今天中国的城市里，是不是有更多女性更大胆地发表自己对生活的意见呢？

铁凝：您的提问让我想起前不久我看到中国南方一家电视台的歌手选秀节目。一位来自东北小镇的60多岁的妇女选手大方登台演唱，她的嗓音条件挺好，民族唱法的演唱赢得了掌声。当主持人问她家人是否同意她出来唱歌时，她说老伴和儿女都不同意，认为以她的年纪应该待在家里照顾家人。现在她离开家庭独自从东北到南方，租了一间小屋子住，拜师学艺，家人觉得不能接受。在场观众这时也形成了两派，支持她和反对她的。

大江：这太有意思了。这位妇女怎样讲述她的理由呢？

铁凝：她说我不是没有照顾过家人，三十多年里我照顾丈夫、儿女、孙子，牺牲了自己的爱好。现在老伴健康，儿女工作稳定，孙子12岁了，我想我可以为自己的爱好花些时间了。我一辈子最大的爱好就是唱歌，梦想有一天能登上舞台。大江先生和夫人，假如你们在场，会支持她还是反对她呢？

大江：我会支持她的，我不认为她需要内疚。

大江夫人：我也会支持这位妇女，她的爱好是应该得到尊重的啊。

铁凝：是啊，后来她告诉主持人，家里唯一支持她的人是她12岁的孙子。是奶奶一手把他带大，他理解奶奶，觉得奶奶有权利追求自己的梦想。虽然这只是一个面对普通人的选秀节目，但是我记住了这位妇女。

大江：反对她的人是因为她违背了“常规”吧？

铁凝：有些“常规”是压抑创造力的，不是么？

（晚餐时的谈话，光一直安静地、极有礼貌地倾听）

铁凝：光在中国也有粉丝。是谁带来一张CD，好像是一位记者托许金龙先生转交的，光在中国出版的作品？是在大江先生2009年1月访问北京的时候。其实有时候我会想到一个问题，倒不是见到光以后才想起这个问题，而是经常在思考这个问题，那就是什么人是正常的，什么人是不正常的……您点了这么多香槟有点儿浪费了吧，我们也喝不了那么多香槟，请不要再点了，就直接喝葡萄酒吧。

大江：我点了很多香槟，这是开胃酒，后面我们会喝葡萄酒的。

铁凝：我知道您的那种快乐，也就不好意思劝您，但我真是不好意思，我拜访您的家庭，本来就是打扰了，花了这么长的时间，您和夫人还请吃晚饭……

大江：我也点了红葡萄酒，你放心好了……2000年我接受中国社会科学院外国文学研究所的邀请访问中国时，许金龙先生他们安排我参加一个座谈会，一些男作家和女作家出席了那个座谈会。当时，有一个著名作家，是个政治家，上了年岁的作家，好像是位部长，这位小说家也参加了那次会议……是过去很有名的小说家，在政治上也很有力量，当时铁凝先生也在场……对了，他叫王蒙，是个很好的小说家，也是个拥有政治力量的人，更让人觉得有点儿害怕。当时，有个青年女性在不停“攻击”王蒙先生，那个青年女性就是这位铁凝先生。

铁凝：后来有一些中国记者打电话问我，让我把大江先生说的情景再描述一遍。

大江：啊，是吗？王蒙先生现在可能没什么政治力量了，不过那时候却是拥有很大政治力量，可是她呀，那位青年女作家却如此“攻击”了王蒙先生。(笑)

铁凝：我当时没礼貌……（笑）

大江：我觉得这样很好！最近，我在一个座谈会上对小森阳一说了这件事，也在自己的书里谈了这件事。小森后来在他的著作里也转述了这段话。我说，王蒙先生在会议上遭到一位青年女作家的“攻击”，这位青年女作家其后一定会因此而苦度痛苦的人生吧。小森后来却在一封信中告诉我，那位铁凝女士现在是中国有力量的作家。

铁凝：每次见到大江先生，每次阅读大江先生您的作品，都感到一种力量。比如您多次谈到绝望。只有真正感受到绝望的人，才会有希望。我读了《优美的安娜贝尔·李寒彻颤栗早逝去》这部小说，读完后，觉得这就是诗，只有诗人才能写出这样的小说。德国的君特·格拉斯说过一句话，我特别同意他的这句话——好的小说是从诗里诞生的。所以，我觉得《优美的安娜贝尔·李寒彻颤栗早逝去》这部小说应该是先有诗，被诗所触动后才写出来的。

大江：是的，完全像你所说的那样。

铁凝：对于作品中的所有苦难，感到“寒彻颤栗”的不是主人公，而是读者，当然，也包括作者。这是一种神秘的力量。阅读这部小说是很艰难的，并不是很流畅。但是，我觉得最终给予我宝贵力量的，是小说的后三分之一，是樱来到了古义人的故乡，这时，铭助妈妈的形象实际上与樱重叠在了一起，其苦难，其屈辱，体现出了巨大的生命力。这就是生命之源，我说的是生命源头的源。在我的阅读经历里，我们被告知，日本的女性特别温顺——温和与顺从。但是在大江先生的小说里，确实让我看到，或者在大江先生的心目中，或者大江先生告诉我们，日本女性很强大，很有韧性，很决绝，就像樱花一样，猛然开放，说死就死，从中体现出生命的蓬勃。樱花不是软弱的，她们灿然开放，落英缤纷，来年再次开放。所以我觉得，在大江先生您的灵魂里，存在着对女性的莫大善意以及发自灵魂的尊重。

大江：确实如同你所指出的那样，目前我正在创作的新小说里，女主人公是小说家的妹妹，那是以我为原型的小说家，以这个妹妹的口吻进行叙述，讨厌所有男性，对他们进行批判，这很可能是我的最后一部小说，这部小说可以说是女性小说。正如你指出的那样，那种强韧的女性形象，正是我小说的最大主题。我的确就是这样一点儿一点儿形成这种风格的。这最后一部小说，确实就是女性小说，写得很强韧。

铁凝：所以我还是要忍不住说《优美的安娜贝尔·李寒彻颤栗早逝去》……可是在这么美的香槟面前……

大江：让我们首先为了我所尊敬的女作家、强韧的铁凝女士，为了我尊敬的、强韧的夫人，干杯吧！

铁凝：干杯！

大江：干杯！

铁凝：夫人您不喝一点儿吗？

夫人：谢谢您，我对酒精有点儿过敏。

铁凝：我还是想继续讨论《优美的安娜贝尔·李寒彻颤栗早逝去》，可以吗？

大江：承蒙您这么喜欢《优美的安娜贝尔·李寒彻颤栗早逝去》，我感到非常高兴。您这是在夸奖我，我感到很高兴。如果您是在攻击我的话，我将该如何是好啊？

铁凝：不，我想继续谈论《优美的安娜贝尔·李寒彻颤栗早逝去》这部小说。樱后来来到四国的森林里，她也可以是铭助妈妈的化身，也可以是一个普通人。这位生命力强大的女性，她也可以是一个明星，也可以是一个农妇，无所谓，这都不是最重要的，或者是她们的混合体，因为这样的力量是不可阻挡的。您实际上写了生育，写了转世，您还涉及了一些超常规的关系——因为有一个传说，铭助妈妈对铭助说，你死了我还可以重新生一个你，只要母亲、大地、森林还在，就可以不停地生育下去。我觉得自然和人，这些东西都是，最后这些力量都是非常能打击人心的，我称之为打击人心。还有一个细节让我特别注意，是他们在暴动的时候，铭助妈妈说到砸大酒桶的时候，要从上往下把桶砸开才行，这个细节让我感受到女性的力量，我的眼睛里出现的是电影的画面。

大江：那是我母亲对我说过的话。我去东京读书之前，母亲曾经对我说，东京坏人特别多，东京大学是东京人的大学，你去了之后可能也会受到欺负，你就把从农村里来的同学团结在一块儿和他们干，反正我们有暴动的传统，在暴动砸大酒桶的时候，从周围可不好砸，要从上往下砸。你必须带着这种精神去东京，不要怕。

铁凝：我觉得您母亲真是一个了不起的人。

大江：小说里面的母亲形象也有夫人的影子。

铁凝：真是了不起！女性对于人类确实具有永恒的意义。

大江：《永远有多远》是一部是关于永远的作品。

铁凝：这两部在日本算是篇幅比较长的小说吧？我想向您请教日本对长篇小说的界定。

大江：《永远有多远》在日本属于长篇小说。

铁凝：在中国，长篇小说是指十三万个汉字以上的作品。

……

大江：我在读高中时认识了伊丹十三，他是个美男子，后来成为一名电影导演。我通过伊丹十三认识了他的妹妹，也就是我现在的夫人，从此以后走上了创作道路。我和夫人结婚以后生下了光，这是个残疾孩子，需要每天帮他盖被子、掖毛毯，从这里产生了我的文学。如果没有伊丹十三的介绍，就不会认识他的妹妹。和他妹妹结婚以后，我走上了作家的创作道路。走上创作道路之后，如果没有这个孩子——这是一个际遇，就不会有我现在的文学，我的文学都是从这里产生出来的。

我认识的女性作家朋友都在七十五岁以上，不像铁凝先生这么年轻、这么漂亮、这么周到、这么非常讲究礼节，这样一位女性作家，现在成了我的好朋友。在对铁凝先生没有深入了解之前，刚见到你的时候，我就在想，你的父亲应该是一位了不起的人物，只有真正了不起的父亲才能培养出这么了不起的女儿。我妻子的父亲也是一位了不起的人物，是一位电影大导演，也是一个随笔家，他写的作品得到非常高的评价。我个人认为，还是与父亲是了不起的人物的女儿结婚为好，但是这个父亲不要活的时间太长，否则在父亲的压力之下就太可怕了。(笑)

铁凝：您真是太神奇了。我们不能冷落这红酒，我现在想赞美一下这酒。

大江：是吗？

铁凝：是的。意大利的这款酒和法国的酒还是有一点儿区别。

大江：确实是意大利的红葡萄酒。我去欧洲时没有那么多钱品尝许多酒，但是作为一个日本人多少还是知道一点的。在日本人开的法国餐馆里面的……那里的日本人是不可信的，相反，在日本的意大利餐馆工作的日本人是基本可信的。这是什么意思呢？在日本的意大利餐馆，价钱最贵的葡萄酒是最好的酒，但是在日本的法国餐馆里，最贵的葡萄酒未必就是最好喝的。日本很多有钱人经常到法国餐馆里喝葡萄酒，但是所喝的酒和它的价钱不一定相符。在全世界只有日本存在这种现象。到欧洲去的话，比如说意大利，最贵的酒未必都是最好喝的。唯有在日本的意大利餐馆，最贵的酒一定就是最好喝的。我们平常也没有机会到这里来喝酒，今天借着你的光临沾点儿光，前来这里喝好酒。

铁凝：我想告诉您，您刚才说的法国酒的问题，不光在日本，现在在中国也很普遍。有一些并不珍爱葡萄酒的人，就像并不珍爱文学的人一样，他虽然在做着文学，但是他心里不爱。就像您说的一样，现在到一个餐馆里，如果你问店员有法国红酒吗？那就表示你时尚、不土气。店员回答有。点酒的人就说要最贵的，拉斐。但是，酒来了他也不好好喝，就胡乱地喝，并不是真正地品尝。我现在准备写一个小说，描述中国一批暴发户的这种浮躁心态对红酒的破坏性作用，他们喝的是钱而不是葡萄酒，所以真正酿酒的人知道了这种喝法也会不高兴的。我觉得酿酒是一种宗教的过程，是一个安静的虔诚的过程。对于红葡萄酒，您比我更有发言权，因为您对法国了解的那么深。但是，我现在在家里不喝贵的酒，而是经常选择新世界的酒，比如智利、澳大利亚、南非和新西兰。这些酒也不错，而且价位也不是那么高。

大江：我现在最爱喝的是老酒。

铁凝：什么老酒？

大江：绍兴老酒。

铁凝：绍兴酒啊？下次我给您带来。

大江：最近朋友来的时候带给我的都是二十年、三十年的绍兴酒，是最好喝的酒，装在非常漂亮的瓶子里。在首都机场免税店里面的是真货。我在喝那种酒时就在想，铁凝、莫言该多么幸福啊，每天都能喝到这么好的酒。

铁凝：绍兴酒啊？花雕。下次我来日本的时候给您带来。

大江：不不，不用客气。

铁凝：但是，我要问夫人，您不怕糖吧？那酒是含糖的，糖分很高。

大江：我已经戒酒了，但是喝点儿酒气氛很好，酒对带动记忆力很有效。报社的人经常请我在外面喝酒，我喝了绍兴酒，就能把当时说的话全部回忆起来。刚才说的话请你不要介意，不用为我带酒。

铁凝：大江先生，今天您和夫人这样盛情地邀请我来家中做客，我有一个冒昧的邀请，您如果有机会再去北京，我能荣幸地邀请您到我家里去吗？

大江：非常感谢你的邀请，估计我去不了中国啦，因为我已经上了年岁。我现在写的书预计明年年底能够出版，完成这部作品是我目前最大的心愿，也是我最后一件工作。估计将来我不能再做什么工作了，但是明年五月即将在东京召开的大江作品研讨会，这项工作我已经答应了，因此一定会认真准备并参加会议。……明年的这个研讨会是我参加的最后一项关于中国的大型会议。

铁凝：我对这个会不是很了解。

大江：我妻子做的饭菜非常可口。你曾写过有关烹饪的内容，你真的会做菜吗？

铁凝：我会做胡萝卜炖牛肉，可惜我不能从中国把那个小砂锅带来送给您。……为什么大江夫人让我感觉到特别尊敬呢？因为我觉得她不仅是非凡的妻子和母亲，同时也是非常有才华的艺术家。

大江：她画画，是艺术家。

铁凝：但是她不像有些女性那样，可能有些女性过于自我，就不要家庭了。我觉得她放弃了一些东西，然后把这个家，把大江先生和光照顾得这么好，她非常伟大。

大江：我非常赞同你的说法。

铁凝：我觉得一个女性向社会证明她自己不一定就是不要家庭。

大江：你本身就是一个很好的例子。……你在《大浴女》中塑造了三个女孩儿，在困难的时候。她们有一个梦，要做一桌宴席。材料不太好找，经过千辛万苦，终于把食材找齐了。这三个女孩儿，一个是不良少女这一类型的人，另一个是像铁凝先生你这样认真工作认真学习的编辑吧，三个人行走在各自不同的人生道路上。最后，这个不良少女想实现她年轻时的梦想，具体是不是这样我已经记不清了，记得她们在做一桌菜。这个地方让人看得特别有力，特别难受。这三个少女，包括不良少女在内，实际上都是在绝望当中寻找着希望。但是，确确实实，那个女孩儿死去了，另外一个接着活下去，把三个女孩儿看成同一个形象，她非常有勇气，为女编辑报复了欺负她的人，最终剩下女编辑好好地生活下去，她的前面就是希望。我本身是绝望的人，尽管绝望仍然在寻找希望，在这一点上，我和你是相似的。《大浴女》是在绝望中寻找希望，我也一样在绝望中寻找希望。

铁凝：2009年您去北京时特意对我讲的那些话，让我非常感动。您在1963年发表了中篇小说《性的人》，我生于1957年，在我出生六年后，您的那部小说已经出版了，那部叫作《性的人》的小说。

铁凝：背景是50年代的？大概是1957年左右的，描写战后日本青年内心的作品。

我注意到在您所有的研究文集里面，《性的人》不是被提及最多的作品，但是我很看重它。您写了不良少女，那里面也有不良少年。

大江：是写了。铁凝先生写短篇小说，但我认为铁凝先生更应该是擅长于写长篇小说的人。中国是很大的国度，区域广泛，各个阶层都有，有城市的、有农村的。你能把各个区域、各个阶层的人，你能把知识分子、不良少女等各种女性形象塑造得非常完美。这非常有利于长篇小说的写作。此外，我也想起了中国历史上有名的女性，比如说谢冰心先生和鲁迅先生的夫人许广平先生，她们都是非常优秀的女性，留下了优秀的文章。我在想这些女性在30来岁的时候是什么模样？五十来岁的时候又是什么做派？现在看看你就明白了。（笑）

铁凝：实际上大江先生过奖了。这倒不是我在客气，因为中国近三十年以来出现了一大批女作家，我不认为我是最出色的，不过我一直在努力写作。也可能翻译成日文的中国女作家的作品还不是特别多，因为在一个男权社会里，我们经常会听到夸奖一个女作家，说她作为一个女人写成这样已经不错了，但是大江先生您却不是这样的。我之所以不敢承受，正是因为大江先生这样的评价太重了，这有别于一些批评家的评价。

大江：刚才我用的称呼是铁凝先生，现在改称为先生。……先生的短篇小说当然很好，但我还是认为先生更适合于写长篇小说。

铁凝：目前我也在为新的长篇小说做准备，因为时间总是被打断。写长篇是需要隔离开一段时间、封闭起来一段时间的，可是我现在没有这个资格。

大江：每个人都有自己必须要做的工作，这是你的宿命。这个工作就是你的写作。

铁凝：当我下午看见您修改过的、已经几乎看不见原来字迹的手稿后，我就提前听见您的教诲。

大江：铁凝先生在作品里描写了新女性的形象，比如说《大浴女》就描写了各种女性的形象。此外，更难能可贵的是，不良少女的母亲是位知识分子，在“文化大革命”中备受磨难。她在绝望的处境中仍然要给她的女儿留下希望。在自杀之前，她把希望留给了女儿，女儿凭借着这份希望得以继续生活下去。这种描写太了不起了，也只有铁凝先生做到了。……我以前认为西班牙文学是最优秀的，但是现在我注意到一个现象，就是中国大陆的作家如铁凝、莫言等用中文写作的作家已经在海外引起关注。毫无疑问，在未来30年之内，中国文学将会在世界文学中占据一个中心位置。铁凝先生您需要做的就是，在三十年期限到来之前写出更优秀的长篇小说。

铁凝：我会把您的话牢牢地记在心里，今天晚上对我来说是不同寻常的。我想一方面我自己努力，另一方面如果我在目前这个位置上能为我的同行们更多做些什么，我觉得也挺好。

大江：是啊。

铁凝：莫言最近有一部新的小说，他的结构就是给一个尊敬的前辈作家写信，以此来结构这个小说的。我觉得那部小说中的前辈实际上就是您。我不知道现在这部小说的日文版有没有完全翻译出来，但是您知道这部小说吗？

大江：我希望尽快读到这部小说。

铁凝：他让信函贯穿着整篇小说。

大江：我估计他的小说里会写到助产妇，也就是他的姑妈。

铁凝：是的。

大江：实际上我见过他的姑妈。

铁凝：同大江先生交谈总觉得时间很短，总是很矛盾，又想听您多讲，自己又想要表达。我在9月份也去了莫言的家乡。现在高密有一个莫言的文学馆。那个文学馆里也有您和他的照片。那里还有日本的酒厂因为喜欢莫言的《红高粱》而专门酿造的红高粱酒。我觉得莫言对您有一种父亲般的感觉。我看见了莫言的大哥、大嫂，我觉得不陌生，像亲人一样。那块土地、当地的人也为出了一个莫言而感到很自豪。……不知道谁在翻译莫言的《蛙》？有人在翻译吗？

大江：我目前不知道，只希望能够尽快读到日译本。

铁凝：去年一月您访问北京时曾说到翻译家饭冢容，我把您的评价告诉饭冢容了，他很惶恐。

大江：此前，饭冢容曾陪同高行健来到我家，言谈中就说起莫言正在创作的《蛙》，我告诉他，小说中那个日本老作家杉谷义人的原型就是实际生活中的我，饭冢容非常吃惊，口中甚至发出了“啊”的惊呼。我接着告诉饭冢容，那位日本老作家与姑妈的对话，说的就是2002年春节期间我在莫言的高密老家与那位可敬的助产医的实际对话。这时，饭冢容再次发出了“啊”的惊呼。哈哈哈哈。饭冢容露出难以置信的神情问我，说是莫言的这部作品在中国刚刚发表，还没出版日译本，你是怎么知道的？哈哈哈哈，我吓着他了。

铁凝：因为《蛙》的结构就是给文本外的大江先生写信，他当时可能不了解那个背景。

我想接着刚才中断的话题继续说下去，那就是什么叫正常的人？什么叫有病的人？其实从某种意义上来说，我们都有病，人类整个儿都有病。我们之所以被称为正常人，只不过是我们隐藏的很深。而光这样的孩子可能更坦然。他是不设防的，把自己呈现在全世界面前，我觉得很难说这是不正常的。而我们很多所谓的正常人，则会偷偷地修正自己的病态。这确实也是文学应该面对的。

大江：我非常赞成你的观点。其实这也是我平常总在思考的一个问题。现在的人都说自己很正常，不仅是个人，国家也是如此，我很正常，我是正义的。日本也好，美国也好，俄罗斯也好，当然中国也是这样，大家都说自己是正义的，自己是正常的，别人是不正常的。从历史上来看，法国文艺复兴时期天主教说自己是正确的，新教也主张自己是正确的，这就引发了各种争端。现在的问题是你认为自己是正常的，而对方就一定是不正常的，就要把对方杀掉。这种考虑问题的方式是否正常？现在不管是个人也好，社会也好，国家也好，都认为自己没有病。还有的知道自己生了病，却把病藏起来，说自己没有病。

我每天拿着报纸，看到整天出现的都是各种各样的问题，这真是令人绝望。美国、俄罗斯等等，当然现在越来越多地谈到了中国。是否能够发现处在阴暗之中的人们正在绝望地死去，希望人们能够记住这些人，把这一切呈现在更多人的面前。正常的人们是否能够去关心生病的人们，真正理解他们，一点点地靠近对方，以此确认对方是否真的有病，以及自己是否真的正常。这就是宽容。人能不能做到宽容呢？每天看完报纸我都感到绝望，但是早上起来后还要和光重新开始新的一天，还要重新开始写作。如果不在绝望中寻找新的希望，那就太绝望了。这就是文学的责任。对于美国的作家也好、日本的作家也好、中国的作家也好，都应当具有这样一种责任。这就是始自于绝望的希望。不仅我是如此，其实铁凝先生也是如此。

铁凝：其实，在《优美的安娜贝尔·李寒彻颤栗早逝去》之前的《大江健三郎口述自传》里面，大江先生您曾举过一个例子，说的是有一个要生孩子的妇女，我也曾在该书的序文里写道，您祝福她生出一个全新的人，比任何人更新的人，而且将使用一种全新的语言，不是俄语，也非日语，也不是法语、英语，而是一种全新的语言。我觉得大江先生在这样的年龄还有这样的激情，是非常令人震撼的。在接下来的《优美的安娜贝尔·李寒彻颤栗早逝去》中，那个妈妈让我感觉到生命与生命生生不息，感觉到这种强大的、洪水一般势不可当的力量。

我觉得这里面都寄予了大江先生的这种希望。但这种希望大部分是寄托在女性身上的，因为在中国，女性也是大地的隐喻，坚韧的象征。

大江：的确如此。这次在新的小说里，我就是这样写的，希望不在于男性，而在于女性身上。

铁凝：夫人同意吗？

大江：我是这样想的。……非常感谢你的到来。

艰难的痕迹*

——文学与社会进步

女士们、先生们，各位同行：

大家好。

初夏时节，从鲜花盛开的北京来到热情似火的罗马，倾听着音乐般的意大利语，在空中飞行的疲惫很快就消失。生活在今天的我们，从技术和速度的层面考量，也许的确比马可·波罗时代享受着更多的进步。

这里我还想起一个关于意大利语的趣闻。传说有一位意大利诗人在国外旅行，在一次和不懂意大利语的外国同行的聚会上，他被邀请朗诵作品。他的意大利语的朗诵让人感动，在座一位女士甚至眼含泪水。当有人问起他的朗诵内容时，他不好意思地说：对不起，我不过是朗读了一遍今晚的菜单。

---

* 本文为作者2011年5月在罗马首届“中国—意大利文学论坛”上发表的演讲。

这趣闻讲的是意大利语超乎寻常的表现力、它的韵致和难言的美感。我不免暗自思量，就算今天我的演讲乏味、无趣也并不可怕吧，通过优美的意大利语转述，说不定能让它变成诗篇。

今天我的演讲涉及“文学与社会进步”——这是中、意双方作家预定的题目之一。这其实是一个可以从多种角度展开的话题。文学与社会进步是一种什么样的关系呢？是文学的理想关联着社会进步，还是社会的进步必然推动文学的进步？

我以为文学的理想的确关联着社会的进步，关联着人的尊严、平等、幸福以及精神的健康和心灵的高贵；关联着对人类的巨大理解和对世界不疲倦的追问。虽然在今天，映衬着全球化的背景，作家在这些理想的作用下，常常会有力不从心和自作多情之感。但是，社会的进步却不一定必然催生文学的进步，甚至在有些时候，社会的高速发展，还会以牺牲文学真正的进步为代价。在这样的时候，我格外喜欢阅读那些大家写于从前的好小说，比如卡尔维诺。

卡尔维诺在20世纪50年代写过一篇名为《一对夫妻的奇遇》的短篇小说。故事很简单：一对普通工人夫妻在寒冷的冬天里的日常生活。丈夫上夜班，早晨七点钟回家；妻子上白班，早晨七点正是她起床离家的时刻。夫妻两人总是匆匆碰面，挤在窄小的没有暖气的卫生间洗漱，互相传递着牙膏，身体偶有碰撞，忙乱、仓促。当妻子出门上班丈夫开始上床睡觉时，他先是躺在自己那一边，很快就挪到被子里妻子刚刚睡过的那一侧，把身体放在残存着妻子身体形状的温暖凹陷中，枕着妻子的枕头开始睡觉。晚上妻子下班回家，又是丈夫该上夜班的时候了。他们简单吃点东西告过别，有时也会为什么事争吵几句。然后丈夫扛着自行车下楼，妻子收拾好家务，上床关了灯。“她躺在自己那一半床上，为了寻找丈夫的热度，她的一只脚移向丈夫的地盘。但是每次她都会发现，自己睡觉的地方更暖和，这就说明丈夫也是睡在她这一半的，她于是感到一股巨大的温柔。”

卡尔维诺用“巨大”来修饰妻子感受到的温柔，这也是我迄今读到的关于“温柔”的最动人的小说。继而我从小说里持久地体味到卡尔维诺一生不曾放弃的一个词：“艰难。”他曾说过艰难的意义一直是他的小说的永恒主题。卡尔维诺的时代没有手机，没有互联网，没有MSN，没有3D电影，没有Facebook，没有磁悬浮，但是这并不妨碍他那被外科医生惊异的、构造无比复杂精致的大脑对世界文学的特别贡献，他的小说有人的体温，有人生深处的不冷也不假的滋味。滋养他的叙述的也许是充满体积感的沉重现实，也许不完全是。他的视野所及在今天仍然具有恼人的价值，并没有被看上去更先进的社会所删除或遮蔽。

始于17世纪的中国清代是压抑、呆板的时代，恰是那样的时代出了一位有着灿烂想象力的短篇小说作家蒲松龄。他有一篇写职业刽子手的小说，说是刽子手技艺高超，杀人砍头快而利索，不让死者痛苦。一日行刑，刀起人头落，那颗人头落地滚出几步远，还回望着刽子手高声叹道："好快刀！"我每次读到这一声"好快刀"，后背都会渗出一层冷汗。我知道中国的优秀作家莫言先生也深爱着蒲松龄的这类小说，并且坦言他的一部长篇小说就受到过这小说的影响。

蒲松龄的时代没有电灯，蒲松龄如果在电灯下敲打着键盘，他的耳边会响起那声"好快刀"吗？他也不会借鉴六朝小说和唐传奇的故事，以让人忍俊不禁的神奇，写出黑夜里的月亮。在他笔下，一个人可以用纸剪个月亮照明；另一个人从天上拿下月亮藏在怀中，没有月亮时就取出来照明；还有一个人把月光收留在篮子里，黑天拎出篮子照明。

我读过一位中国青年作家写停电的小说，一个三口之家，一对夫妻和他们读中学的女儿。三个人都很忙，每天晚上吃过饭就各进各的房间，整个晚上都不再出来。某晚小区突然停电，妻子和女儿才从各自房间出来，摸着黑聚集到男主人的书房，三个人互相依偎着在书房静坐。就在等待电灯重新亮起来的时间里，他们发现，原来他们全家很久没有这样亲近地相拥而坐了。他们习惯的是灯的照耀和夜如白昼。原来生活中突然的不方便带给人的不一定全是懊恼，他们在黑暗中体会着久违了的、疏于表达的亲情，也享用着黑颜色本身。

社会在发展，时代在进步。中国每年的长篇小说出版量已经达到3000多部。中国的出版业从来没有像今天这样蓬勃，一部300页的纸质小说的出版速度最快可能只需要6天。网络写作更是遍地开花。但是我还想告诉各位，正是在这样的背景下，北京反而出现了以手抄长篇小说为乐事的读者俱乐部。这些俱乐部成员，从书店买回他们喜爱的长篇小说，再一人接着一人的将这小说抄写一遍，然后赠送给这书的作者。今天在座的迟子建女士的一部名叫《额尔古纳河右岸》的长篇小说。就正在被一些读者传抄。我在迟子建那里见过正在传抄中的一个厚厚的笔记本，我打开本子，看见不同的人，持着不同的笔迹，有的笔画粗重，有的字迹纤细。我嗅到纸面上人手的劳动和皮肤的呼吸，感受到抄书的人对一个作家的喜爱和对文学的虔敬——在网络时代手抄一部长篇小说，这种老派作坊式的故意书写甚至也可以说是对浮躁的、快生活的一种抵抗。这当中，也还隐隐地蕴含着对什么是社会进步的思考。

中国的改革开放已经30多年，今天，我们对世界的理解不断加深，我们的生活水准不断提高，我们的物质要求也一再扩大，如果高科技带给人类所有的进步和财富是社会进步的标志之一，我愿意诚意赞美。我相信网络正在改变世界，这本身应该是社会进步的一个表征。文学却可能是慢一步的。因为文学不是粗糙的社会情报，不是某些迅速变换的社会话题的集合，也并非表达一般的时髦意见，作家更不是流水线上的素材加工者。文学理应关怀社会的进步，社会真正的进步最终是人的进步，人的更丰满的不停滞的精神发育。文学反对轻率，在滚滚向前的社会车轮中，真正具有进步意义的文学说不定往往会显得别扭，且不合时宜。

有一个笑话说是消息迅捷的网络时代，当更多的人眼球向前，长时间痴迷“网游”的轻松或者刺激时，人类的某些生理能力，比如眼球左右转动的功能恐将退化，我们的眼睛还有向左看或向右看的视力吗？而文学必然要求一个作家具有远望或回望的能力和激情。就此而言，文学的要义的确如卡尔维诺所说，是艰难的。在众声喧哗的多彩时代，文学甚至难以留下自己的痕迹。只有那些真正的大家，才有可能直面并穿越艰难，将属于自己的痕迹长久地浇铸在一个民族的精神深处。其实，人类社会发展到今天，始终有赖于这样的浇铸。

新近一位挪威哲学教授用“无聊、恐惧、时尚”这些当代社会文化现象或说人类几种基本情感作为自己的哲学研究。“今天你无聊了吗？你恐惧了吗？你时尚了吗？”假如这些情感是现代社会最突出的表情，呼唤或者找寻我们最值得珍视的生命情状更是作家的本分。就比如卡尔维诺小说描写过的，一对工人夫妻在寒冬的棉被之下，相互寻找镶嵌着彼此身体形状和体热的巨大的温柔。我特别要说，发现这样的温柔实在是并不轻率、并不容易。也还有300多年前中国的蒲松龄为我们奉上的盛在篮子里的月光，那是中国人的情怀，又何尝不是人类向往的健康生态和博大而幽默的意境。

电灯照亮房间。

哲学照亮思想。

文学照亮思想的表情，照亮人心深处那些被忽略的轰鸣，那些褶皱。

卡尔维诺曾以钟表构造来比喻文学的某项任务，他说揭示历史转折点，揭示重要时刻，揭示钟表结构上将来未知的一步跳跃，而不是今天那种滴答声。

是啊，钟表的滴答可以永在，它又何时留下过痕迹？

2011年4月17日

山中少年今何在*

——关于贫富和欲望

不久前我看了北京人艺的一出话剧名叫《窝头会馆》，编剧是中国非常优秀的作家刘恒。有人问起作者这出戏的主题，这让刘恒感到发窘，于是他说主题就是一个字：钱。如果“钱”显得直白，换个含蓄一点的说法是：困境。

正是“困境”这个词打动了我，让我想到第二届东亚文学论坛的主题之一：贫富和欲望。这几乎是一个当今人类社会无法回避的大问题，因为有人类就有贫富和欲望，有欲望就有困境。而人作为生物界的高级动物，所面临的困境更为复杂。“外在的困境是资源短缺，内在的困境是欲望不灭。”这也是刘恒的话。

面对一个大的命题，我常常感到自己叙述起来的力不从心。那么，不如就让我从小处开始，从我的一个短篇小说

* 此文为2010年12月作者在第二届东亚文学论坛上的主题演讲。

讲起。

20世纪80年代初期，我写过一个名叫《意外》的短篇小说，这是迄今为止我最短的小说，1000个字，汉字排版一页半纸。有时候我也会像刘恒那样被朋友问道：你这个小说是写什么的？为了简便，我常用一句话表述，我说这大概是一个关于困境和美的故事。小说大意是这样的：二十年多前中国北方深山里的小村子台儿沟，很少有人家挂照片，因为很少有人出去照相。镇上没有照相馆，去趟县城，跋山涉水来回五百里。谁家要是挂张照片，顿时满屋生辉，半个村子也会跟着热闹几天。小说主人公山杏的哥哥来信向家里要张“全家福”照片，信中特别提到，最想念妹妹山杏。他在南方一个小岛上当兵已经两年，走的时候山杏才八岁。接到哥哥的信，山杏就催爹妈去县城照相，从春天催到秋天。后来，摘完了核桃、柿子，山杏一家终于决定远征县城去照相。那天晚上山杏一夜没睡好，看妈在灶前弯着腰烙饼，爹替她添柴烧火。他们用半夜的时间准备路上的干粮，如同过年一样。天不亮，他们就换上过年才穿的新罩衣，挎起沉甸甸的干粮篮子出了村。他们搭了五十里汽车，走了二百里山路，喝凉水、住小店，吃了多半篮子干饼，第三天才来到县城。他们找到了照相馆，照相师傅将他们领进摄影间。当满屋灯光哗的一下亮了起来，当高楼大厦、鲜花喷泉之类的他们从未见过的华丽布景把这一家三口人包围时，他们甚至来不及惊叹，照相已经开始。在照相师傅的指挥下，他们努力把自己坐端正，同时大睁着眼睛向前方看去。随着灯光哗的灭掉，这隆重的事件，几乎一瞬间就结束了。半个月后，山杏爹从村委会拿回一个照相馆寄来的信封。山杏抢着撕开封口，里面果然有张照片。但这张照片上没有大睁着眼睛的山杏一家，照片上只有一个人，一个正冲她们全家微笑的好看的卷发姑娘。第二天，山杏家的墙上挂出了这张照片，照片上的姑娘冲所有来参观的人微笑着。有人问起这是谁，爹妈吞吞吐吐不说话，山杏说，那是她未来的新嫂子。

二十多年前我是一家文学杂志的小说编辑，有时候我会在小说《意外》那样的深山农村短暂地生活，或者说“采访”。在一个名叫瓦片的村子里，我在“山杏”的家里住过。那一带太行山风景俊美，交通不便。村子很穷，土地很少，河滩里到处是石头。因为不能耕种小麦，白面就特别珍贵，家里有人生重病时，男主人才会说一句：煮碗挂面吃吧。我却被当成贵客款待。山杏的母亲为我煮挂面，煎过年才舍得吃的封存在小瓦罐里的腊肉。当我临走把饭费留下来时，他们全家吃惊地涨红了脸，好像这是对他们的侮辱。在这个家庭，我见到了被常年的灶烟熏黑的土墙上挂着唯一一张城市年轻女性的照片，就是我写进小说里的那一张。有位德国作家说过，变美是痛苦所能达到的最高境界。那么山杏一家对这陌生照片的态度，就是把困境变成了美吧？还有善良。

二十年之后，小村庄瓦片已是河北省一个著名旅游风景区的一部分了，因为铁路和高速公路铺了过来，一列由北京发车的火车经过瓦片通向了更深的深山。火车和汽车终于让更多的外来人发现原来这里有珍禽异兽出没的原始森林，有气势磅礴的百里大峡谷，有清澈明丽的拒马河，从前那些无用的石头们在今天也变成了可以欣赏的风景，而风景就是财富的资源。我曾经为了自己一部电影的拍摄再次来到这山里，电影里需要深山农户的院落，我毫不犹豫地向导演推荐了山杏的家。我看见从前的瓦片村民大多开起家庭旅馆，山杏们有的考入度假村做了服务员、导游，有的则成为家庭旅馆的女店主。她们不再会为拍一张照片跑几百里地，旅游景点到处都有照相的生意。她们的眼光从容自信，她们的衣裳干净时尚，她们懂得了价值，也知道谈论信息。当我向她们打听一个更远的名叫“小道”的村子时，山杏们优越地说：“哼，小道呀，知道。他们富不了，他们没信息！”瓦片和周边的村子都富了，在这些富裕起来的村庄里，也就渐渐出现了相互比赛着快速发财的景象，毕竟钱要来得快，日子才有意思。就有了坑骗游客的事情，就有了出售伪劣商品的事情，就有了各种为钱而起的“嚼清”。

那一次导演对我的推荐很满意，山杏家几乎原封不动地成为电影里女主角的家。制片主任问我场地租金怎么算，我想起从前山杏一家的纯朴，有把握地说，你就随便给吧，他们不会计较。但事情并不似我的预料，当我回到我的城市后，曾很多次在家中接待瓦片的房东——山杏的爹。因为有了汽车、火车、电话，因为有了信息，遥远的山杏爹总是能够快速把我找到并申诉摄制组付他报酬的不合理。比方他说摄制组用墨汁把他的新房的白屋顶刷成了黑色；大灯把院里一棵石榴树烤成了半死；为了剧情需要他们还往河里摔过他的羊，摔了一次又一次，五只羊被摔得十天起站不起来……这都是钱啊，可他们都没给钱。我一次次放下手中的写作，帮助愤怒的山杏爹向摄制组要钱，心中却时有恼火：要是没有火车呢？一切不是单纯得多吗？交通、通信和旅游业给瓦片带来了财富，同时也成为一种运载欲望的挑衅的力量。现代化的强大辐射面对封闭的山谷，是有着产生这种力量的资格的，虽然它的挑衅意味是间接的，不像它所携带的物质那么确凿和体面。并且我始终认为，它带给我们的积极的惊异永远大于其后产生的消极效果。

那么，现代化和市场经济在进化着乡村物质文明的同时，也扮演了催生欲望的角色。商业文明的到来和它“温柔的挑衅”使未经污染的深山农人的品质变得可疑——没有它们的入侵，贫苦的山杏们的思维逻辑将永远是宽厚待人。可我想说，这种看似文明的抵抗其实是含有不道德因素的，有一种与己无关的居高临下的悲悯。贫穷和闭塞的生活里可能诞生纯净的善意，可是贫穷和闭塞并不是文明的代名词。谁有权力不让山杏们利用大山的风景富裕起来呢？谁有权力不许一个乡村老汉跳上火车去找人“投诉”亏待了他的摄制组呢？其实当我在这儿比喻火车是催生欲望的角色时，蒸汽机火车已经从中国全面退役成为我们时代的一个背影；内燃机车、电气机车也不再新鲜。几年前上海就已经出现标志着国际领先技术的磁悬浮列车。在这个人类集体钟情于速度的时代，那个仿佛不久前还被我们当成工业文明象征的蒸汽机车，转瞬之间就突然成了古董。蒸汽，这种既柔软又强大的物质，这个引发了第一次工业革命、启动了近现代文明之旅的动力也就渐渐从领先的位置上消失了。当它的实用功能衰弱之后，它那暖意盎然的怀旧的审美特质才凸现出来。问题是，当今世界，早已先期享受了工业革命那实用功能所带来的诸多物质进步的人们，谁又有权力为了个人今天的审美愉悦，去对那些大山里的山民们说，我们可以富，但你们却不行呢?

我在这时想起一个深山里的少年。20世纪90年代，一个初秋的下午，我在一个名叫小道（向山杏们打听过的小道）的村子里，顺着雨后泥泞的小道走进一户人家，看见在堆着破铁桶和山药干的窗台上靠着一块手绢大的石板，石板上歪歪扭扭地写着三行字：

太阳升起来了，
太阳落下去了，
我什么时候才能变好呢?

问过院子的女主人，她告诉我这是她九岁的儿子写的。我又问孩子是否在家，女主人说他割山韭菜去了。那天我很想看见这个九岁的深山少年，因为他那三行字迹歪扭的诗打动了我——我认为那是诗。那诗里有一个少年的困境，愿望，他的情怀和尊严，有太阳的起落和他的向好之心。那天我没有等到他回家，但我一直记着石板上那三句诗。今天那个少年早已长大，或许还在小道种地，或许已经读书、进城。假如在新世纪的今天，我把他的诗改动一个字，变成“太阳升起来了，太阳落下去了，我什么时候才能变富呢”，我还会认为这是诗吗？

与其承认这还是诗，不如承认这是合理的欲望。如同16世纪葡萄牙诗人在欢迎他们的商船从海上归来时那直白的诗句：“利润鼓舞着我们扬帆远航……”

“利润”这字眼嵌入在诗行中看上去的确令人尴尬，但文学的责任不在于简单奚落“变富”的欲望，因为变富并不意味着一定变坏，而“变好”并不意味着一定和贫穷紧紧相连。文学在其中留神的应该是“困境”。贫穷让人陷入困境，而财富可能让人解脱某些困境，但也有可能让人陷入更大的困境。最近我在一篇讨论当代中国乡村的价值变化的文章中读到，消费经济时代的突然降临让许多没有足够心理准备和文化准备的村民，无暇也无力去做其他可供想象的人生筹划。多挣钱以确立存在地位的欲望压倒了这些，他们被迫卷入人与人之间一场财富竞赛的长征：争盖高楼，喜事大办，丧事喜办，以丧失尊严来换取以为的“面子”。中国中央电视台曾经报道过南方一些农村，有人在办丧事时请戏班子跳脱衣舞，因为花得起钱而在邻里间“挣足了面子”。这让人瞠目，让人想到说的虽是村民但又何止村民？我的一位北京亲戚，当年住在四合院一间三平方米的小屋里，如今他在为自己选购汽车时，打开一款已属高档车的车门，竟皱着眉头不满地连声说：“后排座间太小，空间太小！”所有这些，更让人思考一个国家在富强的崛起时，文明在何处以何种面目支撑。文明是对人之所以为人的制度性守护，是对人性尊严所必需的自由平等的捍卫。这也正是其价值魅力所在。

生活在前进，高科技日新月异。人类的物质文明在过去200多年里发生的变化远远超过了之前的5000年。但我们也应该看到，相对于人类有文明史的5000年，200多年的时间还是太短了些。更何况，若从非洲南方古猿走出森林开始，人类生理和心理的进化至少已经历了500万年。有人类学家称，几乎所有人都对蛇有与生俱来的恐惧，源于人类祖先早年在丛林中的生活，无数代人与蛇共处，很多人失去生命，因此已把这种警觉融入人类的基因代代遗传。当200多年的进步使人类仿佛已经成为这个星球唯一主宰的时候，我们是否真正知道欲望将把自己带往何方？我们是否真正明白自己造成的这所有变化的结果和含义？人类恐怕还要有更漫长的时间去领悟，以让灵魂跟上变化的脚步。今天，我们对世界的理解不断加深，我们的生活水准不断提高，我们的物质要求也一再地扩大，虽然我愿意赞美高科技带给人类所有的进步和财富，但我还是要说，以财富和物质积累为核心诉求的变革，不能仅仅成为一种去伦理、去道德、去乌托邦的世俗性技术改革。巨大的物质力量最终并不是我们生存的全部依据，它从来都该是更大精神力量的预示和陪衬。这两种力量会长久地纠缠在一起，互相依存难解难分。它们彼此对立又相互渗透，构成了我们内在的思想紧张。而文学要探究的领域，也应该包括这种紧张。

为什么我常会心疼和怀念瓦片村的山杏和她的一家？为什么处在信息时代的我们，还是那么爱看电影里慢跑的火车上发生的那些缠绵或者惊险？我不认为这仅仅是怀旧，我想说，当我们渴望精神发展的速度和心灵成长的速度能够跟上科学发明和财富积累的速度，有时候我们必须有放慢脚步回望从前的勇气，有屏住呼吸回望心灵的能力。就这个角度来说，文学最深层的意义和精神可能是保守的——即使以最先锋的形式呈现出来的文学。保守或许对科技创新有害，但在善与恶，怜悯与同情，爱与恨、尊严与幸福……这些概念中，并不存在进步与保守的问题。因为永恒的道德真理不会衰老，而保卫和守望人类精神的高贵，保卫和守望我们共同生存的这个星球的清洁与和平理应是文学的本意。在人类的欲望不断被爆炸的信息挑起、人类的神经频频被信息蹂躏的物欲时代的喧嚣中，文学理应发出它可能显得别扭的、困难而保守的声音，或许它的“不合时宜”将是真正意义上的先锋！也因此，文学将总是与人类的困境同行。也因此，文学才有可能彰显出独属于自己的价值魅力。

太阳升起来了，

太阳落下去了，

我什么时候才能变好呢?

我还是记起了深山少年写在石板上这简单的句子，因为这里有诚实的内心困境，有稚嫩的尊严，更有对“我”的考问和期待。“我”是充满欲望和希望的少年，少年是人类世界的未来。

人什么时候、怎样才能变得更好呢?!

2010年6月19日